Een dochter van
Epicurus

Derk Cools

Over

Elizabeth Engelina de Groot

(1905-1980)

Herinneringen aan mijn Tante en haar Tijd.

Omslagontwerp
Ottilie Cools, Gosling Cools

Foto's
Femia Cools

Portrettekening van de schrijver Derk Cools
Joël Auxenfans

Opmaak
Gosling Cools

Auteur
Derk Cools

In het bijzonder dank ik Derk de Groot, mijn neef voor speurwerk in het familie archief. Zonder de inbreng van Femia, Ottilie, Gosling en Jennie had dit boekje niet in deze vorm kunnen verschijnen.

'Of all the things which wisdom provides to make us entirely happy,
much the greatest is the possession of friendship.'

- Epicurus-

'Mededogen is een geesteshouding die berust op de wens anderen te
bevrijden van hun lijden en wordt geassocieerd met een gevoel van
toewijding, verantwoordelijkheid en respect voor een ander.'

- Dalai Lama -

'Wat een chaos in de wereld. Het eenige is, de kleine plicht te doen,
iedere dag opnieuw, in kleine kring.'Uit een brief van Bette aan haar
broer in oktober 1946.

- Bette-

Het manuscript

Op een ochtend vind ik in mijn mailbox een berichtje van een onbekende afzender, een vrouw. Ze schrijft dat ze me dringend wil spreken zonder te zeggen waarover. Ze weet dat ik op doorreis ben en slechts kort in Nederland. Nee, ik heb niets te vrezen, schrijft ze. Ze stelt voor elkaar in Utrecht te ontmoeten, station Hoog Catharijne. Zonder tegenbericht, zal ze er zijn. Ik waag het erop.

Ik herken haar aan een rode sjaal, even later aan haar verschijning. Een breed, wat gedrongen postuur, groenbruine ogen, sluik haar, dat nu grijs bijna wit is en kort geknipt. Ze ziet er voor haar leeftijd nog levendig uit, beweegt wat moeizaam door een lastige heup. We hebben elkaar in geen dertig jaar gezien. Zij is niet veel ouder dan ik, een collega van Bette, haar vriendin. De laatste keer dat we elkaar spraken, liet ze me de stapel fotoalbums zien. Vakantiefoto's uit Frankrijk, het lievelingsland van Bette, mijn tante. We lachen onwennig, bestellen koffie. 'Nee, je hoeft niet te vragen hoe het met me gaat. Ik weet dat we weinig tijd hebben,' zegt ze.

'Ik wil nog één keer met je over Bette praten. Ze is al zo lang dood en toch staat ze me nog levendig voor de geest. Maar als iemand me vraagt 'vertel eens wie was Bette, wat voor een vrouw, kom ik vaak niet verder dan 'ze was een bijzonder mens, een heel bijzondere vrouw, integer en plichtsgetrouw.' Ik schaam me als ik zo stotter over haar. Dan zeg ik tegen me zelf, ze was een begaafde vrouw met een groot inlevingsvermogen, moedig ook. Ze kreeg een Koninklijke onderscheiding, toch niet zomaar? Maar soms denk ik ook weer, heb ik dat niet verzonnen over haar vriendschap, haar rechtschapenheid, was Bette echt zo. En op een dag besluit ik daarom je een mail te sturen. Ik had van een familielid gehoord dat je in het land was. In

mijn herinnering hadden jullie veel contact. Ze kwam regelmatig bij je aan huis. Soms vertelde ze me erover. Ik denk dat dit de laatste gelegenheid is nog eens met haar samen te zijn, vertrouwelijk, bijna virtueel.'Ze lacht en gaat verder 'Eigenlijk wilde ik een boek over haar schrijven, het is er niet van gekomen. Het is nu te laat.'

Ik kijk haar aan en vraag 'te laat?'' Ja,' zegt ze, 'ik kan het niet meer opbrengen.' Ik aarzel om verder te gaan en vertel dan dat ik een manuscript over Bette, over onze vriendschap bijna klaar heb. Of ze er belangstelling voor heeft?'Ze kijkt me ongelovig aan en zegt: 'Meen je dat, een manuscript over haar leven. Eigenlijk verbaast het me niet. Je was aan haar gehecht. Je maakt me nieuwsgierig.' 'Je kunt helpen mijn herinneringen te corrigeren. Ik heb een neef gevraagd informatie uit het archief op te duikelen. Misschien heb jij ook vragen over de tijd dat we geen van beiden Bette kenden. Wat denk je ervan?' Ze lacht en zet haar bril af.'Je wilt me opnemen in het manuscript? Heel charmant, maar wat wil je, commentaar of wat?' Ik stuur je het manuscript per mail. Kijk maar. We kunnen afspreken voor de volgende week. Ik ben nog één week in het land. Utrecht is een goede plek.' Het gaat haar wat te snel, zie ik. Ik drink mijn koffie en wacht.' Wat vind je om naar Rhijnauwen te komen, een uitspanning aan het water.' ' Als student ging ik vaak naar die boerderij. Ik heb er goeie herinneringen aan. Het lijkt me een prima plek. Cool, zou men tegenwoordig zeggen.'

Ze lacht. 'Je bent nog steeds als vroeger.' 'Het zal het manuscript zeker ten goede komen,'zeg ik.'Klinkt voortvarend, maar ik behoud me het recht voor kritisch te zijn ter wille van de echtheid.' 'Ja, ja, als je dromen ook maar tot de werkelijkheid rekent. Haar dromen, idealen, jouw dromen, mijn alledaagse filosofietjes.'We drinken thee zoals we ook met Bette vaak na een wandeling of bij haar thuis deden. Een paar jaar geleden heb ik bij Bandung een tea factory bezocht. In het manuscript vind je er een stukje over ter herinnering aan Bette en Proust, haar lievelingsschrijver. Hoeveel kopjes thee heb ik niet met haar gedronken? Een grote Chinese rivier van thee.'

'Mooie glooiende berghellingen en geschoren theestruiken, stel ik me voor. Mijn familie komt uit Indië. Ik heb er nog herinneringen aan, goede en minder goede. Bette had uitgesproken ideeën over dat land, hoewel ze er nooit geweest was. Het waren vooral politieke gedachten destijds over dekolonisatie.''Ja, ook daarover schrijf ik. Het komt uitvoerig aan de orde, de oorlog, de grote politiek, de koude oorlog tussen Oost en West. In die tijd moest je stelling nemen. Je kon er niet onder uit. Zoals ook tijdens de oorlog. Ik beschrijf haar TV-optreden in 1960 over Nico de Graaf, haar chef, die ontslag nam in verband met de Ariërverklaring. Hij was een voorbeeld voor haar. Overigens, in de oorlog zat haar broer ondergedoken bij haar.'' Je maakt me razend nieuwsgierig. Ik hoop vooral dat je schrijft hoe ze in haar persoonlijk leven was, hoe ze voor mensen opkwam. Voor mij is vriendschap de kern van haar leven.'' Bij haar crematie droeg ik een gedicht voor, de Tuin van Epicurus. Bettes leven was vriendschap en rechtvaardigheid. En verzet tegen onrecht, actief mededogen. Camus en Sartre waren een bron van inspiratie voor haar zo goed als ook Parijs, de wereldstad. Om nog maar te zwijgen van literatuur en schilderkunst, waarvoor ze een grote liefde koesterde.''Ik hoor het al, je laat geen onderwerp liggen. Ik zal vooral naar de tekst kijken of het leesbaar is en niet ontaardt in een ambtelijke nota. Ze lacht. We weten allebei als ambtenaar wat we bedoelen. 'Kom, als ik het manuscript de volgende week moet hebben gelezen, kan ik beter nu opstappen.'

'Haast je niet. We lunchen hier samen. Ik vergat nog te zeggen dat ik ook schrijf over de breuk tussen Bette en mijn ouders in de jaren zestig. Het was een schok. Hoewel ze pur sang heidens was, een echte Epicurist, heeft ze het op een boeddhistische manier aanvaard. Ze was vertrouwd met oosterse literatuur, het zenboeddhisme in de Japanse letteren.' 'Ik herinner me het, die rigoureuze breuk. Ze sprak er niet over. Ze was verdrietig, maar heeft zich wonderlijk hersteld. Kijken wat je er over schrijft.' 'De afspraak in Rhijnauwen is niet door gegaan. Tot mijn grote spijt. Ze werd plotseling ziek. En ik moest mijn vlucht naar Curaçao halen.

Dit is het manuscript dat ik haar stuurde. Later schreef ze me het grondig gelezen te hebben. Ze bedankte me nog één keer in het gezelschap van Bette te zijn geweest, haar grote vriendin.

VOORWOORD

Het is wanneer ik voor het eerst een roman lees van de jong gestorven Chileense schrijver Roberto Bolaño, dat het idee post vat een boekje te schrijven over Bette, mijn tante. Op dat moment weet ik nog niet dat alle boeken van zijn hand over vriendschap gaan. Het dringt pas tot mij door wanneer ik na zijn boek de Wilde Detectives het postuum verschenen magnum opus 2066 lees. Het is het moment waarop ik me realiseer dat Bette al dertig jaar geleden gestorven is. Ik vind dat dit niet onopgemerkt voorbij mag gaan, schrijf een korte herinnering aan haar en stuur het stukje per e-mail rond. De reacties sporen me aan het idee verder uit te werken. Maar onze briefwisseling is bij de laatste verhuizing verloren gegaan. Even overweeg ik een biografie te schrijven aan de hand van interviews en brieven uit het archief. Om een of andere reden heb ik haast en besluit dit niet te doen maar zuiver op mijn herinneringen af te gaan. Dankzij Bolaño is het uiteindelijk een boekje over vriendschap geworden, met de Griekse filosoof Epicurus - zie blz. 163 e.v. - op de achtergrond.

Curaçao, november 2011

INHOUD

Zeg dat het zomer is. Vroeg in de avond. Ze staat bij de bushalte. Alleen. Een oudere vrouw in een lange jas. In haar tasje papieren, in haar portemonnee geld voor de bus. Haar werkdag op het ministerie is voorbij. De bus stopt. Ze stapt in. Even later stapt ze uit, gaat de hoek om. De wind vlaagt haar in het gezicht. Bij de voordeur van het flatgebouw kijkt ze achterom, ziet de bleke maan en wacht een ogenblik. Ze steekt de sleutel in het slot. Ze is thuis, Bette. Zeg, dat het zomer is, een avond om haar te bezoeken.

1. BETTE, MIJN TANTE

Nog altijd zit zij naast me op de veranda en glimlacht wanneer ze opkijkt van haar boek. Ze is de oudere zuster van mijn moeder – een kleine, onopvallende verschijning, een ongewone vrouw, een legende bijna. Bette is al dertig jaar dood, maar nog springlevend in herinnering, mijn herinneringen. Voor het eerst duikt ze vlak na de oorlog in mijn leven op. Een glimlach op het gezicht, een lachje om haar mond, zoals de Mona Lisa, afstandelijk, onaangedaan en een beetje mysterieus. Streng misschien maar ook grappig zoals een raadsel kan zijn. Wie is deze ogenschijnlijk zo gewone vrouw in haar ruitjesjurk? Wie is deze intellectuele vrouw zonder kinderen? Wat bezielt haar zich volledig voor anderen in te zetten? Waaraan ontleent zij haar verbazend engagement, haar toewijding in het persoonlijk leven? Hoe ontstaat een vriendschap eigenlijk? Vragen, misschien absurde vragen, die steeds weer terugkeren. Vragen ook naar het ondoorgrondelijke van deze besliste vrouw, naar de plotselinge ommekeer in haar leven – de absurde ongenade. Ik moet nog leren in gewone woorden over haar te schrijven zoals we ook altijd gesprekken hebben gevoerd in doodgewone zinnetjes. Gesprekjes, luchtig, ernstig, terloops, met zijn tweeën. Misschien moet ik schrijven zoals zij het lange haar kamt, zorgvuldig, systematisch en stevig doorkammend, tot op haar schouder en het dan nog eens beetpakkend om het laatste eindje te ontklitten. Zonder spiegel, feilloos, onbespied, denkt ze, als is ze een klassieke klaagvrouw, rouwend over het ongeluk in de wereld. Of, zoals ze een appel in gelijke partjes snijdt, schijfje voor schijfje schilt en ontpit, boven een schoteltje op de ronde tafel aan het raam en mij toe schuift. Misschien zoals de herinneringen opduiken uit het niets, plotseling, ongeordend, spontaan, flarden, brokstukken, restanten van haar leven. In de loop van de jaren raak ik aan haar gehecht, als van zelf, alsof het zo hoort, zonder verdienste van mijn kant.

Voor de goede orde, ik heb geen bronnenstudie gedaan en geen interviews gehouden voor dit verhaal. Dit is geen studie, geen roman, geen biografie. Nee, ik loop met Bette een eindje op, zit met haar aan tafel, praat en drink thee uit een porseleinen kopje, dat ze net uit de kast heeft gehaald. We gaan samen naar het museum en blijven nog een tijdje hangen in het café-restaurant met zijn aluminium stoeltjes en formica tafeltjes om nog even na te praten. Dat zijn de kostbare momenten, de verloren tijd, een beetje Proust, één van haar lievelingsschrijvers naast Albert Camus. Al schrijvend haal ik haar uit de coulissen, waar ze het liefst verkeert, niemand haar opmerkt. En al vertellend weef ik lapjes tijd en landschap in het verhaal, het Nederland uit de vorige eeuw, zodat er ook een beeld van het gewone leven in die tijd ontstaat. Bette heeft de grote economische crisis en een (wereld)oorlog meegemaakt. Ze heeft nooit in een vliegtuig gezeten, een auto bestuurd, nooit een mobieltje gebruikt, maar is wel een keertje op TV verschenen. Verre reizen maakt ze niet, Frankrijk haar lievelingsland is ver genoeg.

Nostalgie, ik voel het, ligt op de loer, maar heeft zo zijn eigen recht van bestaan. Ook zelfprojectie duikt wel eens op, maar dat weet ik aardig te bedwingen. Soms ruikt het naar goedkope sunlight zeep, naar de was die te drogen hangt in het trappenhuis of naar natte regenjassen in de vestibule. Soms sleep ik er een bekende schrijver uit die dagen bij om te laten zien waarvan de mensen dromen of waarnaar ze verlangen. En Epicurus, de Griekse filosoof van het gezond verstand, kijkt voortdurend, kritisch mee. Soms krijgt hij gelegenheid om iets van zijn ideeën te vertellen. Ook mijn verbeelding krijgt een kans. Wie dit alles te veel wordt, springt zelf maar vrolijk uit de tekst.

In het begin zie ik haar met kinderogen. Ik kijk letterlijk tegen haar op, schuin omhoog. Geleidelijk spreken verstand en gevoel een woordje mee. In de loop van de jaren slinkt het verschil in leeftijd tussen ons, verkeren we op gelijke voet, praten we op dezelfde toonhoogte. We vergroeien alsof het in de natuur ligt. Maar nog lang behoudt Bette een voorsprong, voel ik me als de schildpad die de haas nooit zal inhalen. Ik zal nooit alle boeken lezen van haar favoriete schrijvers. Daarvoor is mijn Frans niet goed genoeg, mijn ongeduld te groot. De tijdgeest is de compagnon van onze omgang, misschien wel de lastigste om aan tafel te hebben, onmisbaar om Bette te begrijpen. 'Alles wordt anders' heeft ze eens gezegd. Niet vanzelf, maar al doende. Alles, ook wat we werkelijkheid noemen. In de uitspraak ligt het geheim hoe zij zich staande houdt in een roerige tijd zonder verloren te raken in de waan van de dag. Nu, dertig jaar na haar dood is dit alles beter te overzien, haar leven, de familie, de ondergrondse spanningen, de plotselinge uitbarsting van emoties, haar gestalte en de vriendschap. Ik spring nog één keer door de hoepel van de herinnering. Ik zal haar nooit citeren om de eenvoudige reden dat ik al onze brieven bij de laatste verhuizing ben kwijt geraakt. En ook om geen inbreuk te maken op haar privacy.

En wat als ik Bette dit geschriftje nog eens laat lezen, op de honderdste verjaardag van internationale vrouwendag? Ze zal zeggen: ja alles goed en wel, onwaar is het niet. Ik lijk er wel op, maar er is meer gebeurd in mijn leven. Waar zijn al die anderen gebleven? Mijn vriendinnen, klasgenoten, mijn oud-collega's, mijn broer, zussen en echtgenoten, (achter)neven en -nichten? Ja, het is waar, in de hechte banden met al die mensen is ze uiteindelijk de Bette geworden, die ik heb leren kennen. Het leven van Bette is doortrokken van wat ze schrijft aan haar broer in oktober 1946. 'Wat een chaos in de wereld. Het eenige is, de kleine plicht te doen, iedere dag opnieuw, in kleine kring.' Dat is het adagium van deze herinnering[1].

---

[1] Achter in dit boekje zijn enkele biografische gegevens te vinden.

2. OVER VRIENDSCHAP

Ze noemen het een mezzanino, zegt de man. Ik hoor het woord voor het eerst. Ik knik. Het klinkt Italiaans, melodieus. Een stenen trap leidt vanuit de zitkamer omhoog naar een kleine overloop achter een hek van ijzeren spijlen. Daar houdt het huis op, onder het plafond met dikke balken. Het is een smalle ruimte zonder raam, deur of buitenlicht. Een kleine, besloten ruimte. Er past een bed, een bureau, een werktafel met stoel en lamp. Er past een mens, een man, een vrouw, Bette. Dit is de mezzanino, de charme van de woning, het binnenste van de stilte. Ik klim de trap op, halverwege, kijk naar beneden, haal diep adem, ik zie Bette. Ik leun over de balustrade, denk aan een haiku van Elisabeth Searle Lamb

Pausing

halfway up the stairs

white chrysanthemums

Het is een intieme plek. Het stille binnenwerk van de buitenwereld. Bette – in de schemer van het binnenlicht, halverwege mijn stilte, mijn zinnen, mijn herinneringen, halverwege de tuin en het bos. Ik bewaar er de droesem van Bettes wereld, de herinnering aan haar geestverwanten, Franse schrijvers en schilders, Hollandse dichters en denkers. Namen, schilderijen, titels van boeken, biografieën, gedachten, Bette is niet alleen, ze is nooit alleen. Altijd zijn er haar spirituele vrienden. Er is het aroma van emoties, de lichtheid van denken, het meanderen van de geest, de grillen van het schrijven. Bette legt haar hand op mijn hand, voor even, om de aanraking. De herinnering aan haar leven en persoon spiraalt door de mezzanino, de steile trap af, door de straten, het dal in.

Bette is altijd in gezelschap van rebelse schrijvers en revolutionaire schilders uit haar eeuw. De vrienden van haar rusteloze geest, van haar engagement. Geestverwanten, die in opstand komen, een vrij leven zoeken, zich door het absurdisme van de eeuw heen wringen, de zinloosheid van het bestaan bestrijden, de vervreemding in de maatschappij overwinnen. Ze praat over het pacifisme van Gandhi, de geweldloosheid van Camus, de verantwoordelijkheidszin van Sartre, de onafhankelijke geest van Gide, de feministische strijd van Simone de Beauvoir en Annie Romein-Verschoor. Bette heeft onafgebroken gesprekken met haar vrienden, die het debat van de eeuw voeren. Is de finale breuk tussen de filosofische vrienden Sartre en Camus een voorafschaduwing van wat haar zelf op een dag zal overkomen?

Wanneer zij thee zet, opruimt en breit, als ze fietst en afstapt van haar fiets, een brief schrijft, postzegels plakt, het is als laat ze zien en legt ze uit hoe ze er toe komt zo te zijn als ze is, hoe al die intellectuelen, denkers, schrijvers en kunstenaars met haar mee gekomen zijn, steeds weer instemmend knikken en haar moed inspreken, zich niet van de wijs te laten brengen, zeggen door te gaan en te volharden, op weg, hier waar ze gaat, haar weg, onafhankelijk en vrijmoedig, gewetensvol. Vriendschap is het hoogste goed. Bette laat geen ogenblik voorbijgaan, is bedrijvig, in de weer, altijd in gesprek zoals Epicurus spreekt van huishouden en filosoferen. De bedrijvigheid verbindt haar met de wereld, het filosoferen vormt haar gedachten. Slechts even houdt ze stil, het moment suprême waarop je de chrysanten ziet. De mezzanino, het binnenwerk, de ontvankelijkheid voor het leven, de tastbare dingen om haar heen. Het wit van de chrysanten, de schoonheid van de dingen, hun kwetsbaarheid, vergankelijkheid.

Michel de Montaigne, de Franse essayist, heeft ooit geschreven over vriendschap. Hij zal niet gedacht hebben aan een verhouding tussen een tante en neef, tussen een volwassen vrouw en opgroeiende jonge man, niet aan een verstandhouding tussen twee mensen in de twintigste eeuw, een eeuw van geweld en crisis, morbide en absurd, bizar en tragisch. De 'verhouding bestaat uit genegenheid, die zich behoedzaam ontwikkelt en uitgroeit tot vriendschap. Mogelijk is vriendschap een bijproduct van de benarde tijd, van de ideologische strijd, de maatschappelijke noodzaak tot kiezen. Misschien zijn de politieke omstandigheden van dien aard, dat in de persoonlijke levenssfeer er meer behoefte is aan wederzijds begrip, aan persoonlijke bescherming en veiligheid. Hoe hoger de golven gaan en bedreigender het opkomend tij, hoe wezenlijker de solidariteit. Om de vriendschap te begrijpen, is het noodzakelijk ook te weten wat er in de grote politiek gebeurt. Het laat iets zien van de spanning waaronder de mensen leven, de achtergrond van de wreedaardige omslag in haar persoonlijke leven. Voorlopig groeit het kastplantje voorspoedig. Bette bezit het geduld en de rust om de ontwakende vriendschap te voeden. 'Vriendschap' schrijft Montaigne 'wordt door gedachtewisseling onderhouden.' En verderop: 'vriendschap ontluikt, gedijt en groeit louter door ervan te genieten, omdat ze spiritueel is en het beoefenen ervan de ziel verfijnt.' Voor Bette blijft zijn idee van vriendschap geen dode letter. We houden van elkaars gezelschap, wandelend, pratend, thee drinkend, zwijgend zelfs. Er groeit een vertrouwdheid en ook begrip voor elkaars zwakheden. In vriendschap is geen plaats voor veinzen, een kunst overigens meer geschikt voor poëzie zoals Fernando Pessoa later zal beweren. Vriendschap verbindt de oevers van ons bestaan. Zij groeit onmerkbaar, geleidelijk, doordringt wat we doen en laten, bepaalt de omgang en ons denken. In vriendschap luisteren we naar het concert van de nieuwe tijd. Ademloos.

In honor of Bette and our tea talks

Today, we go to a tea factory near Bandung on Java. We arrive by bus at a big building on top of a hill. Tea plants cover the slopes around. There is no wind, no movement, merely the heat. Outside, yellow, green and red painted trucks stand in front of the wall. The doors of the factory are widely open. Under a tree, workers smoke cigarettes and talk. We walk around the factory building and hear loud sounds. Inside, hot air runs through big pipes; the tea leaves travel all the way long to the next hall while the hot air dries the leaves. A penetrating perfume fills the halls and dissipates. And again, men and women collect the leaves and finally pack them in big white massive sacks. The women smile a perfumed smile. After the tour, we drink tea in the visitors' room with old pictures of the factory on the wall. The scent of tea reminds of Proust writing about the Madeleine cookies he got at his aunt's. I think, however, we are not here to meet Proust. Instead, let us ask him 'where is my aunt, Bette.'

3. STUKJES BIOGRAFIE

Harde feiten, al zijn ze uit de tweede of derde hand. Daarna volgt de ontmoeting met Bette. Waar feiten ontbreken, krijgt de verbeelding een kans.

1905. Geen idee wat het is om geboren te worden in het jaar 1905 te Rotterdam. Bette zal het ook niet geweten hebben. Haar vader Derk de Groot is zeven jaar geleden uit de provincie Groningen vertrokken in gezelschap van zijn vrouw Alberdina Geziena de Groot-Landeweer. Zij komen zoals zoveel mensen in de grote stad Rotterdam hun geluk beproeven. De stad is booming. Er worden nieuwe havens gegraven. In 1872 heeft Rotterdam met de Nieuwe Waterweg een directe toegang tot de zee gekregen. Het leven in de stad bruist. Haar vader heeft een jaar tevoren zijn onderneming opgericht, Aardappelmeel en Dextrine, D. de Groot. Drie jaar eerder is haar broer Henk geboren en vier jaar na haar zal haar zus Engelina, mijn moeder worden geboren. Ook de moeder van Bettes vader trekt in bij het gezin. Engelina Jager is voor geen kleintje vervaard. Ze heeft haar zoon aangespoord in de handel te gaan onder het devies 'dan kunnen ze, myn jong, je niet narekenen.' Hij zal een succesvol ondernemer worden.

Het is volop zomer. De ramen staan open. Van de straat waait rumoer naar binnen. Venters prijzen hun waren aan. Paardenhoeven kloppen op de straatkeien, schieten vonken. Op de stoep spelen kinderen met hoepel en zwepen de tol. Vanuit de verte klinken sirenes, fluiten schepen die de haven binnenvaren. Bette wordt geboren in de bruisende stad Rotterdam.

Ze houdt van haar dubbele voornaam, de roepnaam, die ze mee krijgt, vindt ze minder charmant. Een naam voor een olifant, zegt ze met een lachje alsof ze het zelf niet gelooft. Ooit zag ik een filmpje waarop olifanten een omheind negerdorp bestormen, vertrappen met hun massieve poten. De ravage is indrukwekkend en compleet. Er blijft weinig over van het dorp en zijn bewoners. Geen hut, geen boom staat meer overeind. Nog hoor ik het geschal, het getrompetter. Ja, olifanten zijn fabuleus sterk, groot, onhandig. Goed, ook speels en in het bezit van een lang werkend geheugen. Een olifant vergeet slecht. Ik denk aan Babar uit het kinderboek, aan het filmpje, aan Afrika, aan de verboden handel in ivoor, aan stropers, aan de olifant in Thailand, die me van zijn rug laat glijden. Ik noem haar voortaan Bette, mijn tante. Wild zal Bette niet worden, trompetteren zal ze niet, vernielen is niet haar stijl. Integendeel. De wereld is haar porseleinkast.

1905 is ook het aanloopjaar van de revolutie in Rusland – het voorteken van massaal, meedogenloos geweld, dat huishoudt in de twintigste eeuw. In dat jaar publiceert Albert Einstein zijn artikel over de (speciale) relativiteitstheorie. Twee gebeurtenissen die haar leven blijvend zullen tekenen, hoewel het jaartal lijkt uitgewist. Ook de Rotterdamse Ida Gerhardt, de dichteres van het onheilspellend water, van de beklemming, wordt geboren in datzelfde, uitgewiste jaar. Zij zal een vertaling maken van De natura rerum, een lang gedicht over de wereld, geschreven door de veel bezongen Romeinse epicurist Lucretius. Alsof het in de sterren staat, de soberheid op aarde. Ongelooflijk lang geleden, denk ik, het jaar 1905 – eerder een postcode dan een geboortejaar.

Bette groeit op in de Maasstad, waar jonge mensen naar toe stromen. Gaat ze kijken naar de schepen in het dok, de hijskranen, de kade met de havenwerkers, het water in de haven? Of vindt Bette het leuker in het park met de bloemen en de eendjes in de vijver, de hoge bomen? Ze kan goed leren, houdt van school, het klaslokaal, de lessen. In de vakantie gaat het gezin naar het hoge Noorden, de familie in de stad Groningen en in de Veenkoloniën, naar tante Mart. Bette doet eindexamen. Met klasgenoten en leraressen blijft ze in contact door naar de jaarlijkse reünie in het Gooi te gaan. Al vroeg krijgt vriendschap in haar leven vaste vorm, weet zij wat het is elkaar vast te houden in moeilijke tijden. Voordat ze de stad verlaat, doet ze staatsexamen Latijn, een voorwaarde om Franse taal en letterkunde te kunnen gaan studeren. Ze behoort tot de kopgroep van universitair gestudeerde vrouwen in de twintigste eeuw. Het is de tijd dat mensen elkaar regelmatig brieven schrijven. Haar dubbele voorletters E.E. op de enveloppe hebben iets engelachtigs, iets om over na te denken alsof Bette toch niet alleen staat in het leven, altijd een lichte schaduw bij zich heeft, waardoor ze dat lichte over zich heeft, dat haar met iets ongrijpbaars verbindt, waarover ze niet spreekt. Het vederlichte van haar verwondering dat een tegenwicht is voor haar aangeboren levensernst, die ze met zich draagt zoals later na het werk haar ambtelijke tassen. Ze is ernstig van nature, opgewekt tussen kinderen. De rimpeltjes in het licht gepokt gezicht verbergen een lachje dat ze onverwacht te voorschijn tovert. Ontwapenend is ze als geen ander, om te benijden, nee om na te volgen.

1917. In heel Europa is het oorlog behalve in Nederland. Dat is neutraal. Bette is levenslustig. Ik bekijk een foto van Bette op de middelbare school, waar ze de oudste lijkt, een volwassen uitkijk heeft. Ze zit tussen tienermeisjes, heeft een fluwelen lint om haar hals, een soort gestrikte das. Ze is mollig en kijkt vriendelijk, verlegen met een blik die afwacht en ook aanvaardt wat komen gaat, zonder te weten hoe gruwelijk het zal zijn. Een ingelijst lachje. Het is haar paspoort, haar sleutel tot de wereld. De jeugdfoto, 'haar' foto, zonder glas in een houten raampje, staat jaren lang op mijn tafel, in mijn werkkamer, in de tropen. Bij een windvlaag waait het lijstje met de foto wel eens om, de passaatwind dolt even met de jeugdige Bette, die geen spier van haar gezicht vertrekt. Ik zet haar rechtop, kijk haar aan – een olifantennaampje, het stille in haar gezicht. Geheel onverwacht sterft Bettes moeder aan de Spaanse griep, in het jaar 1917. Ze is een meisje van twaalf jaar, kwetsbaar en verwachtingsvol, ruw geschokt. Hoe ontdaan ze is, ze zal het me niet vertellen, nooit. In die tijd komen wel 18 miljoen mensen in de wereld om door de besmettelijke griep. Een panepidemie in een wereld zonder vaccin. Het is het begin van de eeuw met de ontelbare doden. De Eerste Wereldoorlog en de Spaanse griep zijn pas het begin. Bette spreekt er niet over. Niet over haar moeder, niet over die oorlogen. Bettes vader is na een paar jaar hertrouwd. Ze krijgt nog een klein zusje.

1926. Bette gaat studeren aan de gemeentelijke universiteit van Amsterdam en op kamers wonen bij, zoals het heet, een betrouwbare mevrouw, die kamers verhuurt. Het is nog maar kort geleden dat Aletta Jacobs de vrouwenemancipatie in beweging heeft gezet (en veel mannen de stuipen op het lijf gejaagd). Bette is feministe. Ze zegt het niet, maar daarvoor is naast inzet ook een krachtige wil vereist. En niet te vergeten, list en charme om je rechten te krijgen, die wel op papier staan, maar niet serieus genomen worden. Het mannenbolwerk is niet in een handomdraai gesloopt. Studeren is voor een meisje luxe, want gaat ze later trouwen dan verliest ze vaak haar baan. Het feminisme is in Nederland voorlopig een onderstroom. Eerst is men socialist, communist, liberaal, katholiek of protestant en dat geldt ook voor alle vrouwen. Bette is in de ban van utopische, socialistische ideeën van de dichters Herman Gorter, Henriëtte Roland Holst en van de schrijver Frederik van Eeden. De utopie heeft een pacifistische inslag. Ooit zal de wereldvrede neerdalen. Dat is wat socialisten hopen, zegt ze. Maar in Rusland vestigt Lenin (1917/18) met ijzeren hand de dictatuur van het proletariaat. In Nederland vlamt vlak na de eerste wereldoorlog de revolutie o.l.v. Troelstra op. Al gauw dooft het vuur in het land van vuile, koude regen. Bette komt met het gedachtegoed van de sociaaldemocratie in aanraking, vertelt ze, tijdens haar studentenjaren. Amsterdam is een universitair bolwerk van de 'Rooien', de socialistische partij, de SDAP (Sociaaldemocratische Arbeiders partij. Vooral Annie Romein-Verschoor, het zgn. meisje voor halve dagen, dat in Leiden gestudeerd heeft, inspireert met haar geschriften, haar scherpe pen en tong, haar onverschrokken rol in de vrouwenemancipatie. Bette zal niet op de barricaden klimmen, met rode vlaggen zwaaien, marcheren in de 1 mei parade, zij gaat praktisch aan de slag. (In zoverre volgt ze het pad van Epicurus, die geen heil van politiek verwacht) Bettes vader gelooft in hard werken en sparen meer dan in socialisme. Hij is een onafhankelijk denkend man met een sterk gevoel voor gerechtigheid en degelijk financieel beheer. In de crisisjaren ontwikkelt de Engelse econoom Keynes de theorie van de consumptie en bestedingsstimulering. Voor Bette is consumptie geen doel maar noodzaak en buiten dat verkwisting, luxe. Vóór alles is ze begaan met mensen die moeten sappelen om rond te komen met een klein inkomen. Gewone mensen die niet uitkomen boven geestdodend werk in de fabriek, op de bouwplaats, in de haven. De negentiende-eeuwse liefdadigheid, de christelijke charitas is achterhaald en moet vervangen worden door werk en een woning, eten op tafel, een dak boven het hoofd. Zo is het wel weer genoeg, zegt ze. Genoeg over vroeger.

1945. Het einde van de Tweede wereldoorlog. Sartre, de Franse filosoof van de vrijheid, maakt furore in Parijs, haar stad. Hij zal samen met Simone de Beauvoir haar inspireren tot het kiezen van een eigen weg, een authentiek levenspad. Haar leven zal a.h.w. een parallel zijn, dezelfde tijdspanne bestrijken – 1905-1980. Niet afkomst of opvoeding, opleiding of inkomen, maar de eigen sociale en morele keuze zal haar koers bepalen. Ze is veertig jaar oud. Achter haar liggen haar jeugd, de studententijd, de oorlog, de begintijd op kantoor. De tijd die ik alleen ken van een paar brieven uit het archief. De tijd dat verwachtingen het leven tekenen. Het is de eerste helft van haar leven, van een moorddadige eeuw, waarin het $E=mc2$ van Einstein koortsachtig wordt uitgewerkt tot atoombom, die tot twee maal toe op steden in Japan wordt geworpen. Onnodig zeggen sommigen, onvermijdelijk zeggen anderen. Haar vader sterft. Bette verhuist naar den Haag. Ze werkt bij een ministerie, verweeft haar leven met het gezin van haar jongere zus. Met alle negen kinderen ontwikkelt ze een band al naargelang de aard van het kind. Ik ben de derde in het rijtje van negen. Het gezin is de tuin van Epicurus, haar tuin.

1960. Bette woont al jaren in den Haag. Ze leidt haar alledaagse leven, onopvallend, plichtsgetrouw, zelfbewust. Ze is rijksambtenaar. Het is het jaar dat de Franse schrijver Albert Camus (46), drie jaar na de toekenning van de Nobelprijs voor literatuur, omkomt bij een verkeersongeluk. Hij is één van de Franse schrijvers die ze leest en herleest. Het ongeluk bevestigt hoe absurd het bestaan is. Nederland ontpopt zich in die tijd stilletjes als welvaartsstaat. De Nederlandse TV kent slechts twee zendkanalen. Het enige Tv-toestel dat ik ken, hangt in een snackbar op de Mariaplaats in Utrecht, waar ik studeer. Ik kom er zelden, houd niet van broodjes tartaar of frikadel, niet van de kale snackbar. Het toestel hangt aan de muur en heeft het formaat van een schoenendoos. Die avond is Bette daar, in de snackbar; ik ben er niet. Niemand in de snackbar kent haar – ik durf mijn hoofd er onder te verwedden. Het is november 1960, de maand waarin Kennedy de verkiezingen in de Verenigde Staten wint van Nixon. Op verzoek van dr. L. de Jong, de geschiedschrijver van het Koninkrijk der Nederlanden(deel 3, de Bezetting), leest Bette een eigenhandig opgestelde tekst voor. Rustig, gedecideerd, helder, overtuigend, kort. Een tekst over wat zich in het najaar van 1940 op haar kantoor afspeelt. Nederland is door de Duitse legers overrompeld en bezet. Het nieuwe bewind geeft orders aan Nederlandse bedrijven en departementen. Vroeg in de ochtend roept Bettes chef, Nico de Graaf, hoofd van de dienst jeugdzaken bij het ministerie van Sociale Zaken, zijn medewerkers bijeen in zijn werkkamer. Bette is één van hen. De Graaf deelt kort en zakelijk mee dat hij ontslag genomen heeft, omdat hij het zedelijk onjuist vindt de ene mens boven de andere te stellen. Hij is niet bereid de Ariërverklaring te tekenen, die binnenkort door de Nazibezetter aan alle ambtenaren zal worden voorgelegd. Hij is een van de weinige topambtenaren van de rijksoverheid, die zich onomwonden uitspreekt tegen discriminatie van de Joden en wordt door de nazi's afgevoerd naar het concentratiekamp Buchenwald. In de Tv-uitzending laat Bette het laatste zinnetje weg of het is weggeknipt door de programmamaker. Ik weet niet waarom. Bette correspondeert naderhand met de weduwe van de Graaf, ontvangt een bedankbriefje van dr. L. de Jong. Voor haar chef, Nico de Graaf houdt ze levenslang hoge achting. Over de uitzending praat ze niet.

Op de video, jaren later, zie ik hoe beslist ze spreekt. Ze straalt bewondering uit voor het besluit van haar chef. Even is hij er weer, mede dankzij Bette zoals dr. L. de Jong schrijft in zijn bedankbriefje. Wie Bette niet kent, denkt misschien dat zij van christelijke huize is zoals haar chef. Maar als ze zegt 'we kenden de overtuiging van onze chef,' neemt ze enige afstand van zijn religieuze overtuiging. Zij is socialistisch, niet kerkelijk, geen gelovige, beroept zich niet op een autoriteit, die boven haar gesteld is. De tekst, die zij zelf heeft opgesteld, vertolkt de overtuiging van de Graaf. Ze springt over haar eigen schaduw heen, cijfert zichzelf weg, resoluut.

In dat zelfde jaar, 1960 overlijdt de winnaar van de Nobelprijs voor literatuur in 1958, de Russische schrijver van het boek Dokter Zjivago, Boris Pasternak, die gedwongen wordt door het Sovjetregime ervan af te zien de ereprijs zelf in ontvangst te nemen. Hij houdt van zijn vaderland, dat hij verkiest boven ballingschap. Ook hij maakt op Bette diepe indruk met zijn levenshouding.

Het klinkt paradoxaal, maar vroeger bestaat niet, lijkt het. Bette praat niet over haar eigen leven. Dat is van haar. Ze leeft nu, in het heden, waardoor ze zo modern aan doet alsof het leven voor haar even nieuw is als voor mij en wij er samen met even veel recht, gelijk of rede over kunnen praten. Niet dat zij het verleden verbergen wil, uitwissen of opvrolijken. Achterom kijken heeft weinig zin, lijkt ze te zeggen, zonder in dromerijen over de toekomst te vervallen. De sporen, die zij achter laat, zijn licht zoals van een hert dat zich alleen het open veld in waagt om te drinken aan de waterkant. Over zich zelf praat ze niet. Dat is verspilling van tijd. Iemand vertelt. Soms ben ik die iemand, de verteller, die navertelt, soms een verhaal uit de tweede hand, een verhaal in een verhaal zoals op het Droste cacao blikje.

Vóór de oorlog, zoals het heet, is misschien wel de mooiste tijd van haar leven, dat begint in Rotterdam, stad van haar vaders handelskantoor in aardappelmeel en graan dat onderweg op schepen via de graanbeurs wordt verhandeld en op het juiste moment gedaan de winsten oplevert, die haar vader inbrengt voor het gezin. Ofwel dit is de tijd dat ik haar niet ken, dat ik nog niet besta, dat haar vader fortuin maakt en zij opgroeit, studeren gaat, haar leven vorm geeft, haar levensfilosofie gestalte krijgt in het tumult van het woelige Europa. Al spoedig breken de roaring twenties aan zoals het tijdperk wordt genoemd, wervelend van dans en mode, van hoop en elan. Na de Eerste Wereldoorlog wordt Europa politiek versneden tot een nationale lappendeken, raakt Rusland in de ijzeren greep van het leninisme en gaat de rode revolutie verloren, wordt Trotsky door een geheim agent van Stalin in Mexico vermoord. Elk lapje van de Europese deken wordt een land, een volk, een nationaliteit. Men wordt Tsjech of Hongaar, Roemeen of Bulgaar, Let of Est, ja Duitser of Oostenrijker. Maar ook wordt men na 1933 in Duitsland plotseling Jood, stateloos. Men raakt er bijna aan gewend, men weet niet hoe fataal het is. Europa is een legpuzzel geworden, een toren van Babel, een misverstand, een krakende wagen, een democratisch experiment in Duitsland, de Weimar republiek, die instort. Versailles, eens een koninklijk paleis, staat nu symbool voor nederlaag en vernedering van Duitsland, wordt de voedingsbodem voor een nieuwe wereldbrand. De botsing kan niet uitblijven. In Duitsland schrijft Tucholsky wanhopig tegen het opkomend tij van ondemocratische retoriek. In het oude Praag schrijft de kantoorklerk Kafka het Proces en het Slot, over wat er ondergronds woelt. In Nederland waarschuwt ter Braak tegen de opkomst en de verleidingen van het rancuneuze fascisme. Nederland weet van niets. De Kadt pleit voor militaire aanpak van de communisten. De economische crisis maakt brodeloos en benepen van geest. De gouden standaard bezwijkt in de wereld, het laatst in dit ogenschijnlijk nog neutrale land. Men zwaait vaandels, zowel politiek links als rechts, roert de oorlogstrom over de grens. De oorlog is een spook dat rondwaart, maar het Nederlands geloof in neutraliteit nog niet verjaagt. Voor ons land komt de oorlog vermomd als dief in de nacht, rooft, vernielt, moordt en gaat. Een zwart gat, een zwarte bladzij. Het is 1945. Het is stervenskoud. Europa ligt in puin. De oorlog is voorbij, de oorlog gaat nooit over. Men houdt van de oorlog, men wil niet in het reine komen, nog lang niet. Men zwijgt en verzwijgt, men verdoezelt en fantaseert. Over de verdwenen mensen geen woord. Joden? In deze straat? Ineens is het land vol verzetshelden. Voortaan spreekt men van het leven na de oorlog. Ja, na de oorlog en dan komt het verhaal over de oorlog. De koude voeten blijven. Aan het eind van de oorlog is het onder water gezet, dit land en ook weer leeg gepompt, dit land. Bruggen worden hersteld en gebouwd, wegen aangelegd, viaducten opgespannen. Dit is nog het oude land, het bijna lege land van dorpen en stadjes, van bijna 7 miljoen inwoners, die meestal thuis zijn, soms elkaar opzoeken, meestal in de buurt, om de hoek, in het dorp of dezelfde stad. Niet iedereen heeft een woonschuit, bijna niemand heeft een auto. Dit is het polderland, een emigratieland, het land van lange regenjassen.

4. DE JAREN VEERTIG EN VIJFTIG

Het is al lang geleden. Bette, kun jij je nog herinneren dat we naar circus Boltini gingen. Het was op een zondagmiddag in het najaar. We waren met een stel kinderen. De banken waren hard. We konden niet met de voeten bij de grond. Vóór de pauze trad een koorddanser op en speelde een clown op de trompet. In de pauze ben ik naar de dieren gaan kijken. – in mijn eentje, zonder dat jij het merkte. Ik zag voor het eerst giraffen, olifanten en tijgers van dichtbij. In hokken, achter tralies. Plotseling begon achter me een leeuw luid en diep te brullen. Ik schrok. Toen ik naar mijn zitplaats sloop, zag ik hoe bleek je was. Pas jaren later heb ik me afgevraagd wat er toen in je moet zijn gegaan. Ik ruik nog steeds de stallen. Soms hoor ik die leeuw weer brullen. Dan denk ik hoe heeft Bette de wereld ervaren.

Na de soep

'Ga maar zitten' zegt ze. Ik klim op de hoge stoel. Ze schuift me aan, de stoel voelt stroef en klam. Ik ben vijf jaar. De tafel is leeg. Ze gaat naast me zitten. Tegenover mij, aan de andere kant van de tafel, staat een man, een lange, magere man met kort geknipt, blond haar. Hij trekt een stoel bij en gaat ook zitten. Zij is kleiner dan de man, donkerblond en beweeglijk, haast zoals mijn moeder. Ze heeft het haar opgestoken in een rol om het hoofd. Ik heb grijsgroene ogen, zij helder blauwe kijkers. Het is schemerig en vochtig binnen. Ze houden hun jassen aan. We zitten in een zaal met houten tafels en stoelen, een eethuis. Toch ruik ik geen etensluchtjes. Zware gordijnen hangen met een koordje om het middel naast de ramen. De deur naar buiten staat half open. Het is de deur waardoor we binnen zijn gekomen, waar ik op de deurmat mijn voeten van haar vegen moet. Buiten is de lucht grijs, op het raam glijden aan de binnenkant druppels langs. Het regent niet. Ik heb het koud zoals ik het al jaren koud heb.

De zomer is voorbij. We wachten. Ik heb geen speelgoed om mee te spelen, geen beertje, geen trein, alleen de kwastjes van het tafelkleed. Er is niemand in de zaal. Er hangen lampen aan het donkere plafond, ze branden niet. Ik ben het enige kind in de grote zaal die naar oude mensen ruikt. Ik kijk door het raam naar buiten. Verderop is een ophaalbrug. Het water kan ik niet zien, het ligt verstopt, beneden. De man en de vrouw praten voortdurend. Ze praten niet over mij, maar over eten. Wat ze zullen kiezen. Worteltjes, aardappels, prei misschien. Ja, aardappels en vlees, een gebakken ei? Er komt een man met natte piekharen naar het tafeltje, hij zegt onverstaanbare woorden en verdwijnt in een deuropening achter in de zaal. Ik zie stoelen en tafeltjes, de donkere vloer, geen mensen. De deur staat nog steeds open, niemand komt binnen. Ik voel de wind. Na een tijdje komt de man terug en zet een kom op tafel en drie borden. 'Soep,' zegt hij. De vrouw schept de soep in de borden. Er komt damp uit het bord, niet veel. Ik lepel en slurp. 'Soep,' zegt ze, 'weet je wel.' Ik weet het niet, ik weet niet waar het naar smaakt, sliertjes, harde steeltjes, vetogen klevend aan de binnenkant van het bord. De man en vrouw lachen soms naar me. De vrouw raakt me voorzichtig aan als ben ik een pop van klei. Ik moet nog worden gevormd. Ik heb het niet zo koud meer. Mijn maag maakt gekke geluiden als kronkelt een dier door mijn darmen. De soep borrelt in mijn maag omhoog, geeft een gevoel alsof ik opstijg, een ballon die halverwege blijft hangen. Mijn benen bungelen onder de stoel. Ik kan niet bij de grond. Niemand die het ziet. De man met piekhaar brengt een schaal met aardappels zonder schil, zacht gekookte aardappels. De vrouw schept een paar gele klonten in mijn bord, schenkt vettig vocht, vult het bord van de man en haar eigen bord. De man en de vrouw beginnen te eten, langzaam. Ze blazen over de lepel, maar er komt geen damp meer af. Ik kijk in mijn bord, til de lepel op en neem een hap. En nog een hap en nog eens steek ik de lepel in mijn mond en tel onhoorbaar drie, vier, vijf, zes. Ik stop en kijk uit het raam, naar de tafeltjes binnen, de open deur, de donkere lampen aan het plafond, de spinnenwebben. De vrouw vraagt of ik niet meer wil. De klonten kleven in mijn maag. Ik schud van nee. Ze dringt niet aan. Ze geeft mijn bord aan de man. Hij eet alles op, maakt het bord schoon met zijn vinger. De vrouw zegt 'ik ben je tante, Bette.' Om mijn hals hangt een blinkend naamplaatje. Zo raak je niet weg, hoor ik mijn moeder zeggen, wanneer ze het me omhangt. En als op slag verdwijn ik zomaar, eerst de stad uit, dan langs de weilanden met koeien, door de bossen, verder alsmaar verder naar een land waar niemand mij verstaat. Ik ben voor altijd weg, ver weg tussen vreemde mensen. Ik kom nooit meer terug. Waarom zegt de man niets en knikt zij alleen maar. Is dit het einde? Het einde waarover gepraat wordt in de huiskamer, op straat als ik tussen mijn ouders loop, half hangend aan eigen armen. Over welk einde hebben ze het als is het ook het begin, een start van iets dat ik niet ken. Het einde, het klinkt alsof alles voorbij is. Wordt het minder koud, hoef ik niet meer naar school? Ik denk aan de zon, de zomer, de spoorbaan met gras tussen de bielzen, waar die jongen uren ligt, neergeschoten, naast de zak met kolen. Ineens is het eethuis verdwenen. Na de soep en de aardappels is er niets meer, niemand. Het waait. Heel lang is er niets. Alleen sneeuw die over de huizen waait, op de dakrand liggen blijft, wegsmelt in de goot. Soms zie ik binnen in huis nog wat licht in het donker op de trap en de overloop. Ik woon in een huis met een voortuintje, samen met mijn broers, zussen, vader, moeder. Wij gaan niet met mensen om. Vreemden brengen onrust, ze vragen naar wat ze niet mogen weten. Ik kijk achterom. Er is geen straat, geen fiets, geen Bette. Ik hoor geen auto of bus optrekken. Er zijn geen explosies. De school met het ijzeren hek om de speelplaats gaat dicht. Ook de juffrouw komt niet meer terug. Ik verhuis naar een andere stad, een andere school, moet een eind lopen. Er valt een stilte. Het leven begint opnieuw. Ik kan niet lezen, niet schrijven. Ik hoor haar stem 'ik ben Bette.' Het blijft stil. De wind gaat geluidloos in en uit het eethuis. Waar is Bette?

Een kiekje en de dictatuur

De sneeuwvlokken dwarrelen rond mijn hoofd, benemen het zicht, verstillen het geluid, verdichten de ruimte om me heen. Wit dons danst zolang de wind niet gaat liggen. Sinds kort draag ik een zwart lapje voor het linkeroog, dat wazig ziet zoals de dokter na veel gehannes met glazen aan mijn moeder zegt. Sindsdien knipoog ik naar de werkelijkheid of gluur ik stiekem met het afgedekte oog, waardoor de wereld heen en weer schommelt zodat ik draaierig word, struikel, val. Ik blader in het fotoalbum. Daar zit ik op de rand van het balkon tussen mijn vader en Bette in. Met één handje houd ik haar jurk vast, die zich in plooitjes tussen de vingertjes samentrekt. Een visnet zonder vissen. Bette lacht alsof het kriebelt. Een jaar of drie/vier ben ik en kijk angstig voor me uit als wil ik van de rand af terug op de balkonvloer springen. Achter me gaapt de diepte, de onzichtbare tuin van de benedenburen. Het moet oorlog zijn maar dat is niet te zien, en zeker niet op haar lachend gezicht. Er is zo veel niet te zien op de kleine foto. Hoe komt Bette daar? Waarom ben ik haar vergeten? Angst stolt herinneringen soms in de brij van het labyrintisch geheugen soms veegt zij alles uit – definitief als zijn de herinneringen er nooit geweest. Het is een piepklein kiekje, meer niet, een momentopname, vast gelegd en vergeten. Vermoedelijk is mijn moeder de fotograaf, hoewel ik haar nooit een foto heb zien maken. Nee, ik vergis ik me, de foto verbergt heel ingenieus mijn moeder. De foto zwijgt over wat er gebeurt. Ook dit verhaal maskeert wat niet verteld wordt – geheimen, verzinsels, angsten, de werkelijkheid? Het is onmogelijk alles te vertellen; alles over wat? Alles dat bestaat, alles dat denkbaar is of gefantaseerd kan worden, alles wat te maken heeft met Bette? Jaren later zal ik op de rand van een ander balkon met mijn moeder zitten praten, terwijl zij stralend naar mij kijkt. Ze draagt een jurk, heeft haar schort afgedaan, het haar met de hand glad gestreken voor de camera. Een moment heeft ze de tijd stil gezet, denkt ze aan vroeger toen ze jong was. Dat breekbaar moment, dat ogenblik waarin ze zich onaanraakbaar maakt met dat porseleinen gezicht zonder ouderdomsscheurtjes, de ongelooflijke zachtheid van haar ovalen gezicht. Haar masker. Ik heb vaak naar die foto gezocht. Hij bestaat alleen in mijn herinnering. Ook dat kiekje verbergt wat het laat zien, het begin van de vrije val, mijn eigen leven. Het is een moment dat mijn kinderjaren afsluit. In mijn herinnering overlappen deze balkonscènes elkaar, zijn Bette en mijn moeder verwisselbaar. Dit soort verwisselingen dringt zich later op als een maskerade in de feestelijke optocht van het leven. Het is de ontdekking van spel, toneel, de magie van verdubbeling. De verdoezeling van details versterkt de herkenning, het verglijden van de ene gebeurtenis in de andere, het verbinden van mensen. Deze acrobatiek van de geest is onnavolgbaar, kringelt als een slang om de prooi, baart de dagdroom. Is het Bette die dit in het stille jongetje ontdekt en voeden zal?

Bladerend in het album zie ik foto's van nog weer jaren later. Ik sta op een plein vóór een gebouw, een lang gerekte gevel. Een plek waar huizen stonden, die zijn gesloopt. Ik sta met mijn rug naar het gebouw, het volkspaleis van de verdreven dictator. Aan de gevel is een balkon zichtbaar, de plek waar hij voor het laatst verschijnt en een menigte toespreekt, verzameld op het plein van de foto. Er is geschreeuw. De dictator met de bontmuts zwaait. Achter hem verschijnt een man die hem in het oor fluistert. Hij hoort niet wat er gezegd wordt. Hij luistert niet, hij heeft nooit geluisterd. De dictator wuift, terwijl achter hem de man met de zeis verschijnt. Een gids zal me de kogelgaten in de muur van het paleis aanwijzen, ik zal in mijn geblokte colbertje op het plein poseren voor het lege paleis met het balkonnetje en de honderden dichte vensters. Ik denk aan het balkonnetje, aan de jurk van Bette die ik vastpak en in plooitjes trek. Is dat een moment in de oorlog dat zij even niet aan de oorlog denkt. Wil Bette, daar op de rand van het balkon met het jongetje dat zich vastgrijpt aan haar jurk, vergeten wat haar op kantoor overkomt, waarvan ze later zal getuigen? Later op de Tv, wanneer het achter de rug is, de moordmachine tot stilstand gekomen, Bette geschiedenis schrijft op het scherm?

Nog iets over de oorlog

De oorlog is voorbij. Bette zoekt in Leiden haar zus, man en kinderen op - samen met haar broer, die in de oorlog bij haar in Amsterdam is ondergedoken. In die tijd sturen zij eten naar zus met de vijf kinderen. Eten verpakt in een kist, verzonden per schip, voorzien van vrachtbrief. Oom scharrelt op de markt voedsel bijeen. Bette verpakt, hij timmert de kist dicht en gebruikt wat extra spijkers voor de stevigheid, iedereen in de stad heeft immers honger. Versturen kan als het kanaal niet is dicht gevroren en de beurtschippers varen, als er geen Duitsers in de buurt zijn. Aardappels, uien, bietjes of rode kool, worteltjes, bruine bonen, gortvlokken, meel voor pannenkoeken, een blokje margarine, afzonderlijk verpakt in papier, kranten of zakjes van stof, zodat je het niet meteen herkent. Ze schrijven elkaar brieven, soms schrijven ze met de typemachine. Dat zijn ze gewend. Mijn oom noemt zich Liesje, zijn onderduiknaam. Goed bedacht, een vrouwennaam. Mannen worden opgehaald in de razzia, vrouwen niet. Mijn vader schrijft dat de kinderen geen honger lijden. Uit trots of een soort eergevoel – dat hij het met zijn gezin wel redt? Misschien ook omdat mijn ouders hulp krijgen van nog andere tantes en ooms, mijn moeder op de fiets bij de boer langs gaat zoals bij boer Valentijn in Langeraar, waar ze een tarwebrood haalt. Mijn vader denkt aan het zakje tabak in de kist, die over het kanaal uit Amsterdam komt, hij denkt altijd, elke dag, vanaf het moment dat hij opstaat totdat hij naar bed gaat, elke seconde denkt hij aan tabak, aan sigaretten. Hij droomt ervan als hij geen boek schrijft over Nederland en het water, de zee. Broer en zus komen samen naar Leiden. Bette kent de weg. Ze nemen mij mee uit eten. Waarom blijven de anderen thuis? Het restaurant heet de Vergulden Turk. Als uit het niets komen zij te voorschijn. Aan parachutes zoals het wittebrood uit de vliegtuigen die traag, brommend overvliegen? Broer en zus horen bij elkaar. Meer dan bij mijn moeder, die bij mijn vader is. De oorlog is voorbij, de verhalen komen nog. De verhalen zullen de oorlog aan het zicht onttrekken, verhullen en verheerlijken. Het wordt een sprookjesbos, spannend, griezelig om in rond te lopen. Toch praat Bette zelden, eigenlijk nooit over de oorlog, niet over honger of Joden. Pas later zal ze praten. Na jaren gaan oom en Bette samen naar Zeeland, waar hij na de capitulatie van het Nederlandse leger aan de Duitsers een tijdje onderduikt. Hij heeft er gevochten in de meidagen '40, in de verdediging bij Krabbendijke Bath in de z.g. Zanddijkstelling en het Kaasgat. Oom weet niet meer in welk huis hij verstopt heeft gezeten. Dat maakt niet uit, zegt hij. Hij belt gewoon aan in de straat, huis aan huis. Bette schaamt zich over zoveel vrijmoedigheid, vertelt ze me later, nog een beetje verlegen. De mensen vinden het niet erg, ze geven een hand, lachen en bieden thee of koffie aan. Oom is laconiek en wekt vertrouwen, een officier. De Zeeuwen houden van oom, zo vanzelfsprekend als hij zich aandient. De mensen denken 'die goede oude tijd.' Als ze oom zien, horen ze ineens vogels fluiten, geen kogels zoals toen. Bette wacht buiten in de straat tot ze ook gevraagd wordt binnen te komen.

Het gaat door, onafgebroken gaat het door. Er is geen adempauze. Soms lijkt het of het stopt. Het is schijn. Slechte waarneming, slecht gehoor, gebrek aan concentratie, slecht gevoel. Het is er altijd, misschien verborgen, maar latent aanwezig. Wie er niet op let, ontspant zich. Sust zichzelf in slaap. Lijdt onbewust aan zelfbedrog. Maakt zich weerloos, lokt het uit. Ineens breekt het weer uit. Geweld, tomeloos geweld. Oorlog als de gewoonste zaak in de twintigste eeuw. Oorlog, interbellum, oorlog. Oorlog alsof je boodschappen doet hoewel er niets te koop is in de winkels. Bette zucht, oorlog die nooit went.

Wonen in een boot

Er is de hemel en de aarde en het water. De ruimte is open, kent begin noch einde, middelpunt noch omtrek. Het water drijft als een diepe vijver in een wereld zonder wegen, bruggen, bomen, zonder huizen. Een glinsterende plek. Rondom is gras, weiland, lucht, wolken soms. Oneetbaar gras, leer ik op school. Zonlicht weerkaatst op het water, dat stuurloos golft, zonder herkomst of bestemming. Water dat spiegelt, een zwarte ziel. Bette, waar ben je? De boot ligt aan een ijzeren ketting om niet weg te drijven naar het ondoorgrondelijke water. De wind rukt aan de korte ketting rond de paal in de blauwe klei. De boot kraakt. De oever is week, zuigend smeuïg. Een lepelaar staat te grijnzen en vliegt op. Overal groeit gras en daartussen piepen parmantig gele bloempjes tevoorschijn. Als ik in mijn zwarte rubber laarzen op de rand ga staan, glijd ik onderuit, bijna het water in. In het riet scharrelen eenden, die kringetjes in het water zwemmen. Soms vliegen vogels op, zwarte waterhoentjes met oranje snaterbekjes rimpelen het water. Het riet is scherp, messcherp. Je snijdt er je vingers aan. Ik ken een schilderij, riet met een bloedende vinger. Bette kent het. Een reproductie in de treincoupé en ik denk aan de woonschuit en het zwart glimmend water, dat zich om mijn laarzen sluit, die zich onweerstaanbaar dieper in de modder dringen. Vanaf de walkant ligt een smalle loopplank naar de deur in de boot. Het water kabbelt onder de vensters, de ramen met gordijntjes van het drijvend huis in het riet. De deur is in het slot getrokken, dicht. Ik stap op de loopplank, balanceer, wankel even en pak me vast aan de deurknop. Tussen wal en boot beweegt het water, ondiep, zwart, modderig, ondoorzichtig water. We vissen niet. Vis kopen we in het dorp aan de overkant. Bette woont in de boot op het water. Binnen is het een huiskamer met tafels en stoelen, bedden. Er is een gasstel, een lepelrek, een hooikist om het eten in warm te houden. Een keukenkast en een boekenkast. Boeken, boekenwurmen. Ik sta op mijn knieën, schuif het gordijntje opzij en kijk over het water. Ik zie het meer. Er staan golfjes op het water. Ik kan niet zwemmen. Aan de overkant staan huisjes aan de dijk. In het riet ligt een roeiboot, een pieremachochel. We gaan inkopen doen in het dorpje. Bette roeit. We zitten stil. Een reiger komt dichterbij, de scherpe snavel, schrik, ik sta op, sla over boord. Bette duikt me na. Ik droom. Vaker droom ik later nog dat ik in zee verdrink, niet in het meer. Het meer, dat zwarte water met de roeiboot is van haar. Wanneer we thuis komen, is er de lege plek met vergeeld gras, de melkbussen uit het riet verdwenen. Opgehaald met een roeiboot. De mat glimmend metalen bussen, de zuigende werking van het deksel, het witte schuim op de warme melk - weg. Ik logeer bij Bette, ik woon bij haar, lig in de kussens op haar bank, ik droom. We wonen samen in de boot. Voor eeuwig en nog langer. Eerst zie ik niets, maar dan trekt de nevel op. Hemel en water scheiden zich langs de horizon. Het water bolt tot het vlak onder de dunne lijn. Niets dan water en Bette, een frêle gestalte, een ijl scheepje zoals de Franse schilder Raoul Dufy wel heeft geschilderd. Bette nadert over water, maar dat is gezichtsbedrog of blasfemie. Over een onzichtbare pad nadert ze onverwacht sneller dan het geluid. Ze stuift voort, spat water op in grote bogen. Nu hoor ik haar. Het geluid zwelt aan, een golf die het oor verdooft. Een motorfiets scheert over de watervlakte. Voorovergebogen, de armen breed aan het stuur, raast Bette mij tegemoet in zwart leren pak, een leren helm op het hoofd, een motorbril voor de ogen. Vlak voor mijn voeten brengt ze de motorfiets tot stilstand in het riet. Ze stapt af, stopt de motor, trekt de motorfiets naar achteren op de standaard, legt haar lege handschoenen op de benzinetank en neemt haar helm en bril af. Ze glimlacht naar me. 'Ik ben Bette' zegt ze en omhelst me. Ik schrik wakker en lach. Is zij de in het zwart geklede engel, op wie ik voortaan wacht?

Ze zit tegenover me en denkt aan de stad, aan de oorlog, aan Parijs, aan een geliefde, ik weet niet aan wat. Ik zie koeien en klim over roestig prikkeldraad, sjok door het weiland, sop door drassig veen langs de sloot, langs de wilgen. Zij loopt een eindje achter me, houdt me in het oog. De lucht betrekt, wordt inktzwart. Het water begint te schuimen, de boot schommelt. Nog luisteren de geesten van het meer naar haar kalmerende stem. Het weerspannig water reikt naar de wolken, die uit het zwart opduiken. Daar komt de zon. Het meer glanst, de wereld schittert. In de woonschuit is het knus, we zitten bij elkaar. Ik heb mijn laarzen uitgetrokken en wiebel met mijn benen. Ze lacht, legt haar hand op mijn knie, ik eet een boterham met jam. We doen spelletjes als het regent. Tussendoor kookt ze water in een aluminium keteltje, zet thee. Ik zie spoken dansen in de damp en blaas ze weg. Ik ben een held. Soms zeggen we niets - we zitten daar. Over het minuscuul klein stukje tekenpapier hollen miertjes heen en weer. De boot schommelt. Bij het naar bed gaan, leest ze voor uit Bolke de Beer. Wanneer ik slaap, leest ze boeken van Franse schrijvers, de Franse taal, documenten van de nieuwe tijd. Ik dein zachtjes met haar mee. Zo zal het altijd blijven, de tijd zal zich krommen als een boog over ons bestaan. Dit is een slaapboot, die gedachteloos drijft op het schrikwekkend zwarte water. Er is het zwarte gat van de massieve materie dat de herinnering opslurpt. Langzaam, onherroepelijk zinkt de boot. Bette woont alleen, drinkt, slaapt, eet, denkt, leeft tussen haar boeken. Eindeloos voert ze gesprekken tot diep in de nacht, met het water, de boot, haar schrijvers, haar heelal. Ze schrijft brieven, blocnotevelletjes vol, aan vriendinnen, oud klasgenoten en doet ze op de post in het dorp. In een van de brieven vertelt ze van mijn droom over haar zwart leren pak en de motorfiets. Haast ontroerd glimlacht ze door de glazen van haar grote motorbril met elastieken band om het opgestoken haar. Zal ze me achter op de motorfiets zetten, wanneer de woonschuit langzaam zinkt?

Weg uit Amsterdam

Als Bette nog leeft, niemand weet het, slaapt ze dan op een onbekende plek, waarvan ik het bestaan niet ken? Zonder brief of aankondiging zal ik haar niet vinden in een land dat met het jaar steeds meer uitdijt, nieuwe namen van stadjes en dorpen krijgt, als schudt iemand een kleed uit boven een grasveld. Woont ze niet echt in die boot, die onbeweeglijk diep in het water liggende woonschuit? Is het verbeelding, die dans in het zwarte water, die lichte deining? Alles wordt anders, hoor ik nog steeds. De boot is een huis op het water. En de golven slaan tegen de romp, rukken aan de ketting, die langzaam de paal uit de klei omhoog trekt. Nee, de woonschuit is niet verzonnen of bedacht, geen droom en geen motorfiets; de boot kost 5000, - gulden, zo blijkt uit nagelaten papieren, zwart op wit door de notaris in inkt geschreven. Dat staat vast. De boot ligt ver weg, veilig in het riet, wordt door de boer van het land bewaakt. De boer trekt zijn klompen aan, wandelt naar de oever, trekt aan de ketting, draait aan de deurknop, inspecteert of er lekkage is, doet de deur op slot. Dan sloft de boer weer weg op zijn klompen door het weiland, doet een hangslot om het hek en vindt dat het goed is. Het is zondag, de zevende dag in het christelijk land. Bette woont er een paar jaar. Die tijd is een witte wolk. In het wit van de wolken huizen beelden en spoken, monsters en fantasieën, door de wind telkens weer anders van vorm en omvang. Het zijn de wolken van een dagdroom. Zij is al veertig jaar oud, in de kracht van haar jaren, vitaal. Heeft ze ook nog een huis in Amsterdam? Kan ze werkelijk wonen op twee plaatsen tegelijkertijd, op een boot in het water, in een huis aan de gracht? Een vrouw met vleugels, een engel die wiekt over het water, de daken. Amsterdam is de naam van een stad uit de oorlog, om hardop te zeggen en weer te vergeten zoals de ulevel die ik opzuig en langzaam smeltend onder de tong of tegen het verhemelte verdwijnt. Nu laat ook haar broer de stad achter zich, neemt de trein naar huis, naar zijn vrouw in Groningen, een stad ver weg in het hoge Noorden dat ik niet ken. Hij gaat weer aan het werk, in de kledingzaak, in de binnenstad. Hij heeft het druk en reist door de wereld, hij is onderweg, koopt kledingstoffen in. Zij zoekt hem op, schrijft hem brieven, vertrouwt hem geheimen toe. Woont zij in de woonschuit alleen als het zomert – het minder vaak regent? Alleen, bewaakt door de boer? Er zijn altijd wel klusjes, kleine reparaties te doen. Een lamgedraaide kraan, een lek in het dak, een verstopte gootsteen, een kastje dat los hangt – teveel voor haar kwetsbare schrijfhanden, voor haar alleen, in haar eentje.

Bette verhuist naar den Haag, waar mijn ouders wonen en houdt de boot voorlopig aan? Bette wil wel buiten leven, hoor ik zeggen, tussen de weilanden, de koeien, de boerderijen, in de wijde, groene ruimte, aan het water. Jaren later vind ik in een boekhandel in Parijs, een boekje van Anaïs Nin, een Cubaanse schrijfster die in Parijs woont aan de Seine, in een woonboot. Wil Bette dat ook, net zo geëmancipeerd, zelfstandig, onafhankelijk van geest en progressief als Anaïs? Wil ze schrijfster worden – ze leest altijd wanneer ze vrij heeft, elk uur, elke minuut, waar ze ook is. Besluit ze misschien toch in die wereldstad te gaan wonen, Parijs, waar ze ook al jaren voor de oorlog naar toe is gegaan, vlak na haar studietijd

In de trein naar Groningen

De spanning stijgt wanneer het einde van het jaar nadert. Ik tel de dagen, ik droom de nachten, de kou vriest me in, ik verlies langzaam het bewustzijn. Het wordt steeds vroeger in de middag donker, de stad verliest zijn contouren, zijn kleuren, zijn ziel, wordt onherbergzaam een stenen stad. In de winterkou bevriezen mijn angst en het grijzig beeld van het station, vanwaar we vertrekken gaan. Ik weet het al maanden, denk dat ik het station niet zal vinden en de trein al vertrokken is wanneer ik eindelijk aankom. Bette wacht me op in de stationshal met de loketten op rij, haar koffer naast zich op de grond. Ik ga met haar in de trein, op reis naar Groningen, naar haar broer en zijn vrouw, haar vriendin. Ze koopt de kaartjes, we gaan door het draaihekje het perron op, stappen in. Ik struikel bijna bij de hoge stap, ze helpt me de trein in. We dragen allebei een winterjas, grijs en donkerblauw. In niets onderscheiden we ons van andere treinreizigers.

Het is een lange reis dwars door het kale land, dat ik alleen ken van de landkaart aan de muur in het klaslokaal, van de aardrijkskundeles, de blinde kaart, die ik op een transparant papiertje overtrek om de plaatsen uit het hoofd te leren. Mijn ruimtelijk benul is nul, de rode puntjes branden zich voor eeuwig in mijn geheugen. Ik zit tegenover haar, aan het raam. Op het vastgeschroefde bordje onder het raam staat 'het is verboden uit het raam te spuwen.' Bette draagt een lange plooirok, een gebreid truitje. Haar lippen heeft ze niet gestift, haar

48

wenkbrauwen niet geëpileerd, haar nagels niet gelakt. Niets heeft ze gedaan om mannen aan te trekken. Ze is onderweg, ze heeft geen tijd voor een flirt of wil de liefde vergeten? Voor de reizigers is ze met haar zoontje op stap, haar neefje, zo vertrouwelijk praten we. Alle reizigers in de trein houden hun jas aan. Als de glazen tussendeur van de coupé open gaat, komt koude lucht naar binnen en trek ik mijn benen hoger op. Ik heb niets te doen en kijk uit het raam. De trein stopt, Bette bestelt koffie, ze heeft ook thee bij zich in de thermoskan, boterhammen in knisperend papier verpakt en koekjes in een rol. De reis duurt uren, denderende uren van de langzame trein die telkens buiten adem lijkt of heftig hoest, wanneer hij onder een viaduct door rijdt. Bij elke stop zoek ik naar de ronde stationsklok op het perron. Het helpt weinig, de tijd kruipt. Hoe tergend langzaam gaat de trein, hoe koud worden mijn voeten, die ik nu onder mij schuift. Het leer van de bank plakt.

Weilanden, sloten en knotwilgen, dennenbossen, zwarte ongeploegde akkers, rook pluimen van wit en blauw vliegen voorbij. De bomen zijn kaal van de kou en de wind, de koeien staan op stal. Ik zie geen bloemen, ook niet aan de waterkant. Hier en daar ligt sneeuw, hoopjes vuile sneeuw. De sloten glanzen zwart als er geen ijs op ligt. Soms wordt er geschaatst, een eenling of een kleine sliert van schaatsers achter elkaar, ingepakt van top tot teen. Op de stations verdringen de mensen zich, springen in en uit de trein. In de coupé ruikt het muf, naar natte kleren. Het raam beslaat en huilt wanneer Bette het open draait. Sommige reizigers houden hun pet op, anderen leggen hun hoed op hun knie of in het bagagenet naast de kartonnen koffers, met brede riemen of rafelig touw dichtgebonden. Ik hoor de fluit van de stationschef, die zijn spiegelei boven zijn hoofd uit tilt voor het vertrek, daarna het oorverdovend gesis van de locomotief. Als we het station uit rijden, zie ik de ijzeren spoorbrug, het kanaal, het ophaalbrugje, zie ik de eenden opvliegen. Ik toon de treinkaartjes aan de conducteur en vraag wanneer we aankomen in Groningen. De man lacht; hij knikt naar Bette. Ik zie haar in de ruit gespiegeld, hoe ze rechtop zit, een boek leest. Ik zie haar ovale gezicht met de grote, lichtjes bolle ogen, blauw. Bette lacht niet, zit onbeweeglijk recht op de bank, legt het boek weg en kijkt uit het raam. Soms neemt ze een breiwerkje uit haar tas en breit. Ze praat alleen als het nodig is of ik haar vraag hoe laat het is. Buiten vliegen zwarte kraaien uit de winterbomen op, wanneer de trein langs davert.

Op het eindstation haalt oom ons af. We stampen de voeten op de bevroren grond en nemen de bus. Oom is druk en neemt haar koffer over. Hij rookt een sigaret en blaast de blauwe rook door zijn neusgaten weer uit. Het is koud, vochtig. Ik zal later nog vaak in de trein naar Groningen zitten (zelfs op de dag van de treinkaping bij Wijster in tegenover gestelde richting). Wanneer ik opkijk van het dossier, naar buiten kijk, naar de weilanden en het spoorkaartje toon, zie ik haar ovale gezicht gespiegeld in de ruit. We zijn onderweg naar het bovenhuis van haar broer en zijn vrouw, Bettes vroegere schoolvriendin. Met koffer en al stommelen we de trap op.

Bij haar broer

Groningen, een grot, een verdwijnplaats, een eiland ver weg? Tijdens de logeerpartij is Bette zo goed als onzichtbaar, vaak dagen achtereen. Waar is ze heen, wat doet ze alleen, heeft ze een geheim dat ze bewaren wil? Ik kan haar nergens vinden. Heeft Bette eindelijk haar eigen schuilplaats gevonden? Een enkele keer ga ik mee naar familie in Haren, Hoogezand, Martenshoek, in Oude Pekela of Nieuwe Pekela, Voor mij zijn het silhouetten, die rechtop zitten zolang er licht is. Ze spreken niet met mij. Het is of ik er niet ben. Ze staan te praten met oom en Bette, in de voorkamer, op het brugje, achter het kanaal. Rechtop, in stilstand als staan ze daar voor altijd. Ze weten niet precies wie ik ben. Nee, niet haar zoon, maar een kind van haar zus, die niet is mee gekomen, wat jammer is, nu ze zich niet kunnen voorstellen wie ik ben, hoe ik ook op mijn moeder lijk, maar het is te lang geleden dat ze moeders gezicht zich nog voor de geest kunnen halen en ze liever zeggen dat ik eigenlijk ook wel op haar lijk, op Bette met wie ik ben meegekomen. Ja, Bette kennen ze wel, de oude mensen in zwarte jurken, zwarte pakken, hoog gesloten overhemden. Mensen die niet met me praten, mensen met marmeren gezichten. Ik denk aan de zwarte kraaien, die opvliegen als de trein voorbij zoeft. Bette is al dagen zoek. In de donkere kledingzaak van oom spelen mijn neef en ik verstoppertje tussen de duffelse wintermantels voor de Groningse plattelandsvrouwen, die geld hebben gespaard en zich willen kleden in stof van kwaliteit. Modieus van snit en stof en kleur, maar volgens traditie duurzaam en warm. Zij willen allen in hun lange bontmantel onomwonden en eerbiedwaardig, lijkt het, koningin Wilhelmina zijn, liefst nog met een vossenbontje om de hals, maar dat verkoopt oom, geloof ik, niet.

En ineens zie ik haar weer in de zaak van oom. Bette is in de paskamer, past een jurk, een wintersjaal of jasje, elegant maar sober en niet opvallend. Ze steekt zich in het nieuw voor het seizoen, nee voor het eerstkomende jaar. Bescheiden en praktisch als altijd, de nieuwe aankopen moeten in haar koffer passen, die ze zelf draagt naar de trein. Ze staat lang bij de kassa voor het afrekenen; ze krijgt een speciale prijs, familiekorting.

Het overdekte zwembad staat aan de rand van de stad, bijna in de wei, die op een dag, denk ik, ook zal worden overdekt tegen regen, zon of luchtvervuiling. Eens in de week ga ik met zachte hand gedwongen daar, in het gloednieuwe gebouw, op een ochtend te water. Het is het uur dat er alleen vrouwen zwemmen en kleine jongens mogen mee. Het is volop winter. Het zwembad is verwarmd. De tegels op de vloer, de kledinghaken in het badhok, de rand van het bassin, de douche, de tegelwand, de sporten van de trap naar de springplank, alles voelt koud aan, onmenselijk koud. Nog vries ik vast aan de metalen trapleuning, aan de douchekraan, het ijzeren schuifje van de badhokjesdeur, aan de tegelvloer en word een bevroren standbeeld dat alleen nog met lasso kan worden omgehaald. De vrouwen ondertussen omgekleed springen 'van de hoge' door de lucht, met een knijper op de neus – tegen gesnater denk ik geheel verkeerd. Ze geven een ware show, voor een moment aan het erotisch oog van mannen onttrokken, verlekkerd opgaand in het eigen zwierig lijf ook al hebben ze tijdens hun zweefduik geheel vrijwillig het vriespunt bereikt. Het jongensoog, dat deert hun niet ook als het ongemerkt even knipoogt. De vrouwen gaan allen van hals tot knie gekleed in zwart zwempak uit één stuk. Zij is daar niet, Bette. Zwemmen is niet haar favoriete liefhebberij, in badpak zie ik haar nooit.

Wel verschijnt ze 's avonds weer in het bovenhuis wanneer we het verkleedspel, sjarade opvoeren, terwijl zij thee drinkt met tante en oom, die voortdurend sigaretten rookt. Zij spelen samen voor publiek, dat raden moet wat er wordt uitgebeeld en opgevoerd. Er wordt geen woord gesproken. We weten het van de radio, mijn neef en ik. Misschien voelen we de onrust van de volwassen mensen, misschien ruiken we het gevaar. Verwoed voeren we oorlog. De rode Chinezen zijn hun kameraden in Korea te hulp geschoten. Het 'gele gevaar' met bontmuts en geweer golft over de besneeuwde heuvels van het Koreaanse schiereiland, het mitrailleurvuur van het VN-leger met doodsverachting tegemoet hollend, struikelend, vallend, bloedend in de sneeuw. Het spook van de angst is een Chinees, waart rond, tot in de woning van oom, de wereldreiziger. Neef en ik kennen onze aardrijkskunde. Het hele leven is een grote charade. Op de stoep beneden voor de deur bouwen we een levensgrote sneeuwpop met steenkoolzwarte ogen, die het hopelijk volhoudt tot Driekoningen, zes januari of tot de verjaardag van mijn neef, de dag er op. De sneeuwman kijkt droevig voor zich uit, weet dat hij op een dag zal smelten, dat de zwarte ogen uit zijn hoofd zullen rollen over de stoep en in de put verdwijnen. Bette staat boven achter het raam en knikt. Ook zij ziet het, hoe de sneeuwman de strijd tegen de tijd verliezen zal en wij zullen vertrekken.

Bette voelt zich thuis in het bovenhuis, het huis aan het vierkanten plein met groot winters gazon. Er staat een piano die niet bespeeld wordt. Bette voert gesprekken, geanimeerd, zonder heftigheid of weerstand, ze hoeft zich niet schrap te zetten, haar ideeën te verdedigen. Hier heerst eenstemmigheid van denken over arme donders en rijke lui, over school en werk. Oom is net als zij een vrije socialist, een sociaal democraat, laconiek en stoïcijns. Geen van beiden geloven in oorlog, wel in standvastigheid en vertrouwen. Ze houden van de kleine dingen in het dagelijks bestaan, de boterham met kaas, de dunne soep, muziek uit de radio of de koffergrammofoon, het wandelingetje door de buurt, het fietstochtje naar buiten, de frisse lucht, het uitstapje naar de familie, een bezoekje aan een museum. Oom weet veel, bijna alles van vlas en linnen. En hij is een rasverteller over vroeger, de familie in stad en ommeland, de kledingzaak in de Heerestraat, over zijn boottocht naar New York, de rit met de arrenslee van het treinstation in Warschau naar het dorpje met de vlasfabriek bij Bialystock, over de mosterdmolen van de familie in Friesland. (Dankzij oom kan ik later aan mijn keel-, neus- en oorarts zeggen dat ik hem al veel langer ken, wanneer hij zich voorstelt met de naam Bialystock)

Oom houdt net als Bette van literatuur en toneel, verzamelt los en vast kranten, stapels oude kranten, nieuwe kranten, weekbladen en tijdschriften – over vlas en linnen, aardappelmeel en mosterd, strokarton en graan - die hij in het donker op zolder bewaart als zijn eigen goudmijn, waaruit hij put voor het gesprek en het opfrissen van zijn geheugen. Hij kan vriendelijk en vloeiend en heftig – niet grof of beledigend of boosaardig - vloeken, zeg maar als de beste, ter aansporing van zichzelf, als een motortje dat pruttelt van plezier of van verbazing. Hij legt uit dat sapperloot, zoon van de duivel betekent en Sappermeer het meer is waar het duivels hard kan waaien en spoken. Ik benijd hem om zijn geestdrift, wil zelf de meester-vloeker zijn. Hij en Bette horen vanzelfsprekend bij elkaar. Soms zoekt hij op zolder uren lang in de hoge stapels kranten naar het juiste knipsel, nieuwsbericht of de scherpe kunstkritiek om aan zus te laten zien, terwijl zijn koffie beneden in de huiskamer staat koud te worden en hij alsmaar sabbelt op zijn zoveelste sigaret, terwijl hij ook nog praat. Oom en Bette houden van de wereld, misschien ook van de rotzooi in de wereld omwille van de schoonmaak, die ze als socialisten ter hand gaan nemen. Uit een kartonnen koker haalt oom zijn bril te voorschijn en leest voor.

Samen plakken ze de krantenknipsels aan elkaar en maken zo een eigen collage van de wereld buiten. Ik lig in bed en slaap diep tijdens het gerommel op de zolder en de gesprekken beneden in de salon vol rook. Zullen oom en Bette ooit nog eens langs komen om mij mee te nemen naar de Nieuwe Wereld, nog verder weg dan Groningen?

Het eethuis is slechts het begin van het verhaal, meer niet, een simpel begin in een sobere omgeving, een grauwe tijd. We schijnen niet zonder 'begin' te kunnen denken, terwijl het berust op niets anders dan de idee dat de tijd een rechte lijn is die ergens moet beginnen en zich in het oneindige boort. Destijds begon de bekende schrijver Godfried Bomans zijn voordrachten voor de radio vaak met de eenvoudige woorden: 'ik had een tante...' Maar zo geestig ben ik niet zomin als dit verhaal uitmunt door geestigheid. Soms begint een vertelling aan het eind, met de dood van de hoofdpersoon om daarna over het leven te kunnen beginnen. Dat doet meer recht aan de cirkelgang van het leven. In de wandeling spreekt men graag van een goed begin, maar wil liever niet weten van de dood. Ik had ook kunnen beginnen met het gedicht 'de Tuin van Epicurus', geschreven door Ida Gerhardt, dat ik in 1980 voorlas bij het laatste afscheid van Bette op de begraafplaats Ockenburgh. Bette heeft veel met deze aardse denker gemeen, ook al hebben we, voor zover ik me herinner, nooit samen over hem en zijn ideeën gesproken. Ook deze Griekse filosoof Epicurus spreekt niet van een begin, wel van het einde. Maar de dood is voor hem niets anders dan er niet (meer) zijn. Het mag willekeurig zijn om het verhaal in het eethuis te laten beginnen, minder toevallig is het dat Bette bij mij niet aandringt om meer te eten. Het past in haar opvatting dat voedsel vooral dient om honger te stillen en niet om zich vet te mesten. Epicurus zal instemmend knikken ook al noemt men hem een hedonist en denkt

men dan aan een smulpaap, terwijl hij toch eerder een gematigd
mens is verrukt van het leven zoals Bette.

Wij zijn de aardappeleters van de twintigste eeuw, zitten gebogen
rond de olielamp met zijn zwakke schijnsel. Om ons heen is het
donker. Het is de eeuw die in het duister oplicht en snel opbrandt in
twee wereldoorlogen, daarna weer afkoelt als de koude oorlog
aanbreekt en zich over de aardbol verspreidt. Dáár in het eethuis de
Vergulden Turk begint mijn bevrijding. Ik weet niet wat bevrijding is
en wie de Turk. Het is kaal en leeg, binnen en buiten. En het is stil.
Geen kanonnen, geen auto's, geen geblaf van honden op straat. Zijn
ze opgegeten in de Hongerwinter? Alles zal anders worden, hoor ik
haar zeggen. Ik kan het nergens aan zien - niet aan de lampen, niet
aan de soep, niet aan de mensen, niet aan Bette. De winter is
voorbij, maar buiten blijft het koud en regenachtig, mijn hele leven
lang blijft het winterkoud en regent het in dit land ook al zomert het
wel eens, kort en heftig. Bette brengt wollen sokken mee, zelf
gebreid. Ik zie geen soldaten meer op straat. De soldaten zijn
gekomen en weer gegaan. Ik mis hun hakkenklak op de straatstenen.
Ik weet niet waar het hakenkruis voor staat. De andere, nieuwe
soldaten van overzee dragen gecamoufleerde helmen, sluipen
gehurkt onhoorbaar door de straat. Een paar dagen maar en weg
zijn ze.. Bevrijding, is dat iets met de rood, wit, blauwe vlag, die van
zolder komt en wordt uitgestoken? Het bonzend hart van mijn
moeder, dat ik voel als ze me op de arm neemt en door het
zolderraam naar de vliegtuigen laat kijken. De witte broden uit de
hemel vallen? Het gejoel vanuit een drom mensen om een vrouw in
een lange jas, met een kaal geschoren hoofd? Soms hoor ik weer
vliegtuigen over komen. Donker gebrom als uit een bronzen klok. Ik
kruip onder tafel. Een kat, een hond die beschutting zoekt. Alles

wordt anders, zegt ze. Word ik een dier, een wegwerp ding? Ze bedoelt misschien dat het allemaal hetzelfde blijft – als je niet goed kijkt. Epicurus zegt dat het alleen een verschil in snelheid van atomen is, licht en donker, lichaam en ziel, stilstand en beweging. Zo, zal zij denken, is het ook met honger en eten, kou en warmte. Het is de eeuw van E=mc2, de formule van de relativiteitstheorie. In een flits ziet Einstein dat de tijdruimte zich kromt om een object. De ruimte is niet leeg, de tijd niet rechtlijnig, ononderbroken. Het heelal dijt uit, maar de tijdruimte kromt zich. Dat is het inzicht nodig om het heelal te begrijpen.

Om een idee te krijgen van de tijd waarin ik leef, zie ik Bette op de fiets – een 'sur place' voor altijd - trekt de wereld zich om haar heen samen. Zij wordt een ijkpunt van gebeurtenissen, verhalen, fantasieën, wensen, dromen. In mijn geheugen dwarrelen ongrijpbare herinneringen rond. Het heelal van mijn herinneringen is de tijdruimte die zich kromt om een levend wezen, om haar, om Bette. Vanaf dat moment zal ik in haar buurt zijn, zo gewoon, zo natuurlijk, zo absurd vanzelfsprekend, dat het zo is en altijd zal blijven. Niet als kind dat wordt voorgetrokken, verwend of om onbegrijpelijke redenen meer geliefd is. Niet om een talent of een tekort van lichaam of geest, niet om een compensatie van een toevallige achterstelling zoals soms voorkomt in een groot gezin. Eerder denk ik aan fijne stof van de ziel, een affiniteit zoals ook hemellichamen door de zwaartekracht op elkaar betrokken worden. Dit alles is ondenkbaar, ik ben een klein ventje, één van haar neefjes, één van de kinderen van haar zus, één van de jongetjes in het verwoeste land en ook van dat laatste heb ik geen weet. Het eind van de oorlog is het begin van dit verhaal.

Naar 't Haagje

In werkelijkheid woont Bette sinds kort in den Haag, stad aan de Noordzee, waarheen ook mijn ouders zijn verhuisd. Nu kan ze elke week op bezoek gaan, de kinderen zien, helpen om het leventje van een groeiend gezin op orde te houden. Ze vindt geborgenheid. Kan zij aarden in de nieuwe stad of heeft ze geen tijd om erover na te denken, te druk met het werk, met een liefde waarvan niemand weet heeft? De bevolking groeit, veel te snel voor de haperende woningbouw. Er is tekort aan woonruimte, zeker voor alleenstaanden in een stad als den Haag. Daar is gebombardeerd, per ongeluk, door de Engelsen, aan het eind van de oorlog. De wijk Bezuidenhout is in brand geschoten, huizen zijn in de as gelegd. Er worden noodgebouwen neergezet, voor de departementen, de ambtenaren, voor Bette. Houten barakken, in de winter verwarmd met kolenkachels, weinig comfortabel maar werkbaar. Ze zullen er tientallen jaren staan, tot in de jaren zestig. Ook woningen zijn er te weinig, hoewel er al snel stevig wordt gebouwd ondanks het tekort aan bakstenen, cement, beton, balken, ijzerdraad en dakpannen. Het gaat langzaam. De bouwvakkers werken hard, altijd zijn ze aan het werk, zie je ze op de steigers staan, in de bouwput, waar ook, hoor je ze vrouwen en meisjes nafluiten, zie je ze sigaretjes rollen en roken, zich warm slaan in de winter als het nog net niet vriest, maar wel een ademwolkje uit hun mond komt. Fluiten ze ook naar Bette, fietst ze onverstoorbaar verder of stapt ze af om een kijkje in de bouwput te nemen? De gebombardeerde stad is één bouwput, waar het krioelt van de gehelmde bouwvakkers. Het alledaags leven is ploeteren voor de kost, geld sparen, luisteren naar de radio, boodschappen doen op de vrije zaterdagmiddag. Het dagelijks leven is saai, vervelend als je geen idealen voor de toekomst hebt.

Inwoning wordt verplicht, de mensen houden er niet van. Vuile voeten op de trap, gooien met de voordeur, de vuilnisemmer vol proppen, de radio te hard aan, ongemak, dat nergens toe dient. Het huis delen, de tuin delen, het dakterras en de overloop delen, het is alsof je huis is gevorderd zoals tijdens de bezetting, als woon je in andermans huis. Om nog maar te zwijgen van de nachtelijke geluiden, het kraken van bedden, het gezucht en liefdesgekreun, het doortrekken van de wc en het slaan met de deuren. Inschikken, het beperkt de vrijheid, die ze net hebben terug geëist van de bezetter. Ze verzinnen smoezen, nemen liever familie in huis. Voortdurend een vreemde over de vloer is een bron van ergernis en ruzie, die van de slaap berooft.

In Amsterdam is Bette een stadsmens geworden. Ze eet buitenshuis – buiten de deur - gaat naar de film, de schouwburg, wandelt langs de gracht, doet boodschappen om de hoek. Bette verhuist naar Scheveningen, het Belgisch Park, een buurt met oude bomen, straten die ellipsvormig de voet van het verdwenen duin volgen, een buurt om in te verdwalen – en nog zo stil. Ze woont in bij de familie H., de trap op, één hoog. Mevrouw is ziekelijk, een schim op de overloop. Ik moet sluipen, de trap op, naar boven waar Bette een etage huurt. Niet roepen, zachtjes de deur open doen als Bette dat al niet heeft gedaan. Het is een ruime kamer achter, uitzicht op een tuin met bomen tot vlak bij het natte raam. Er staat een boekenkast. Als ze alleen is, het huishouden heeft gedaan, leest ze dossiers voor het werk, gevat in grijze ringmappen, maar ook boeken, literatuur. Ik leer net lezen, schrijven, dik en dun, hanenpoten voor wie het niet aanstaat, voor mij bijna een echte brief.

Het leven na de oorlog wil maar niet vrolijk worden, hoe vriendelijk de mensen ook doen. Het is of het altijd regent, zelfs binnenshuis zoals in de auto van Salvador Dali met planten in potten op de achterbank. Ik weet nog van niets, maar het is de tijd van 'de Avonden' van Gerard van het Reve, van 'Eenzaam Avontuur' van Anna Blaman, van 'Bleeker's Zomer' dat Mensje van Keulen later zal schrijven. Een ondraaglijke tijd, waarin elke afwijking wordt afgewezen, met eenzaamheid bestraft. Het is het kleine leven in de muffige, bedompte huiskamer met kolenkachel, van de enghartige benepenheid, van de kleinburger en de arbeider in bretels, maar niet in het vredig Belgisch park, op loopafstand van het Kurhaus, de grote stenen olifant en het circus met de rondgang trappen aan de buitenkant. Bette is blij wanneer ik langs kom op de fiets, zomaar of zoals afgesproken. De fiets heb ik van haar gekregen, samen met mijn broer. Een fiets met houten blokken op de pedalen, een fiets op de groei. Bette zet thee, altijd dezelfde soort donkere thee met een wolkje melk en heeft koekjes of speculaasjes in huis. Het ziet er opgeruimd uit. Over de ronde tafel hangt een geborduurd kleed. In de muurkast staan de limonadeglazen. De koekjes zitten in een blikken trommel met blauwe afbeeldingen van ruiters. Denkt ze aan de Franse schrijver Marcel Proust en de wonderlijke Madeleine koekjes van diens tante, die heel zijn jeugd weer in herinnering brengen zodra de geur zijn neus prikkelt? Combray, wat heb ik je talloze malen gelezen, herlezen. En altijd de zee op de achtergrond, de branding en de grijze hemel. Hoopt Bette dat ik nog eens aan haar denk, een boek zal schrijven waarin zij als mijn tante voorkomt? Nee, zij denkt niet aan later, ze denkt aan het jongetje dat zo graag bij haar komt. Als ik wil, mag ik zilver poetsen, kandelaars, lepels, schaaltjes, servetringen. Het zilver geeft zwart af, vlekken op de lap flanel, op mijn overhemd. Na de knoeierij ga ik vóór het donker naar huis. Er zit geen lamp op de fiets, niet die Philipslamp met het verschrikte konijntje in de lichtbundel, aan de rand van het bos zoals op de reclameborden. Naderhand verhuist Bette naar de Archipelbuurt met straatnamen van de grote Indische eilanden, Java, Sumatra, Celebes, Bornco, eilanden vreemdsoortig en griezelig van vorm, voorwereldlijke dieren in het diepblauw van de zeeën, monsters die blijven rondspoken in het geheugen.

Alles wordt anders. Kerkjes, torenspitsen en molens, het ophaalbrugje en het voetpad beginnen te verdwijnen achter nieuwe coulissen van hoge flatgebouwen rondom stadjes en dorpen. De silhouet is niet meer herkenbaar, de toegang verstopt, het stadshart wordt opgebroken. Het aanzicht van het land verandert. Aan de rand van de stad verschijnen industrieterreinen en kantoorparken, ringwegen en afritten. Men speculeert met grondprijzen. Het aanpalend land wordt gebruiksruimte genoemd, is een stenen woestenij. Het stedelijk monster spreidt zijn tentakels. De voorstad groeit, het wonen wordt in beton gegoten. Het dorp loopt leeg. De ANWB paddenstoel wordt een anachronisme, zo ook de grasruiters in het weiland. De boer rijdt op een tractor. Het land wordt verkaveld. De landarbeider verhuist naar de stad, werkt in de bouw. Kunstmest wit de akker, DDT doodt het insect, vergiftigt de grond, de Coloradokever vreet het aardappelblad. Het landschap van Nescio sterft achter gevels van beton en glas. Het weiland wijkt, men woont op een galerij, deur aan deur. Men wordt anoniem. Dit land blijft klein van geest en verschuilt zich in de grote wereld. Het schurkt aan tegen de zee, die in 1953 door de duinen en de dijken breekt, een watersnoodramp. Drenkelingen op het dak van de boerderij, doden 1700 in getal. Toch groeit de bevolking in het westen het meest. Men spreekt voor het eerst van Randstad en misschien al van het Groene Hart. Het omcirkelt zich zelf en keert zich naar binnen, men belijdt met de mond de openheid, maar houdt het klein. Men sticht Madurodam. Buiten en binnen miezert het, is de cultuur nog Oudhollands, bedenkt men na de ramp in 1953 de deltawerken, die voor eens en altijd de zee moeten bedwingen. In de verte hoor je de fabrieksfluit. De meeste mannen werken met hun handen, kennen een ambacht, een praktisch vak, anderen staan aan de lopende band. Ze lopen of gaan op de fiets naar de fabriek. Tussen de middag gaan ze naar huis voor het eten of blijven over in de kantine. In de kantoren zit men achter het bureau, schrijft met de hand, rekent uit het hoofd en rookt. In de hoofdkantoren werken typistes in grote typekamers en secretaresses in de aanpalende kamer van de chef of de directeur. Documenten worden met carbonpapier verveelvoudigd tot een reeks van maximaal acht exemplaren per typemachine. Moeders gaan met hun kinderen aan de hand naar de speeltuin om de hoek. Opgeschoten jongens duiken van de brug en zwemmen in de vaart. Het naoorlogse zwembad trekt kinderen voor zwemles. Veel scholieren zijn op de vrije zaterdagmiddag welp, padvinder, gids of zeeverkenner, bevolken de parken, bossen en meren. In het weekend gaan jonge lui, die hebben gespaard, naar de avondbioscoop, naar dansles, vrijen in het park of onder de brug.

Het maatschappelijk leven en de vrije tijd zijn georganiseerd langs lijnen van geloof, kerkgenootschap, sekte of christelijke gemeente. De politiek, de maatschappij, het onderwijs, de middenstand, de sport en heel het verenigingsleven is verzuild, stevig ingesnoerd in een meestal godsdienstig korset, tot de krijgsmacht toe. Hiërarchie is een normaal, algemeen aanvaard organisatieprincipe. Men spreekt van maatschappelijke ladder. De minister, de directeur, de

professor, de dominee en de pastoor staan allen op een voetstuk zo
goed als de dokter, de chirurg, de burgemeester, de notaris en de
rechter hoog in maatschappelijk aanzien staan.

Een eigen huis

Bijen bouwen een honingraat, mensen wonen in huizen. Echte
hoogbouw bestaat niet. De bodem is te zompig, de bouwtechniek
nog onbekend. De flatgebouwen zijn niet meer dan een soort
portiekwoningen. Bette woont vier hoog, op de bovenste etage,
onder het platte dak. Vanuit het appartement kijkt ze uit over de
buurt, de zee van huizen, de grote lucht, de meeuwen. Aan de
overkant, tegenover de grote zitkamer met gordijnen tot op
ooghoogte, ligt een lager flatgebouw, aan de achterkant is de wereld
onbebouwd, groen, struiken en bomen, die door plantsoenwerkers
worden geknipt, gesnoeid en bemest. Hoe vaak zal ze daar staan in
de kamer aan de voorzijde, het boek neerleggen en naar buiten
kijken, naar de grijze lucht en de wolken, de verdwaalde kraai? Een
broze gestalte tussen de rieten stoelen en het lage rotan tafeltje,
kwetsbaar, ingekeerd, alleen. Vanaf het balkonnetje ziet ze beneden
kijkt ze op het kerkhof, de stenen stad met exotische cipressen en
zerken. Stil alsof het de wind verboden is langs te komen. De dood
lijkt ver behalve wanneer een lijkstoet arriveert, de mensen om een
graf heen drommen of bloemen leggen op een steen. Verderop ligt
het Scheveningse bos met de slingerende fietspaden en de
waterpartij met de groene, hellende gazons en weer een paar
kilometer daarachter de boulevard en de zee. Dichterbij staan haar
boeken - onder handbereik, lichtjes naar achteren in een donker
houten kastje, vast geklemd, rechtop zoals mensen in een volle tram

elkaar staande houden, niets met elkaar te maken hebben, slechts voor even buren zijn. Nieuw gekochte boeken snijdt Bette open met een benen mes – ze gaat er even rustig voor zitten in een fauteuil - waardoor het bladpapier aan de randen rafelt alsof het boek tot leven komt. Slordig lijkt het, maar het is de Franse manier van boeken binden, zegt ze. Na het ritueel mogen de boeken zich haar vrienden noemen en laten ze zich zonder morren lezen. Tegen de muur staat een piano, waarop ik haar nooit hoor spelen. Het moet een erfstuk zijn, dat verdwaald is. Op een dag is de piano verdwenen. Heeft er ooit wel een piano gestaan? Ik heb Bette nooit een pianotoets zien aanraken en ook geen viool - een harp, kan ik me voorstellen, zou haar beter gepast hebben – een levensgroot instrument waarachter ze verdwijnend, bijna afwezig toch aanwezig zou zijn. Bette en de harp, een mooi affiche voor het residentieorkest. Haar slaapkamer en keuken met stalen raam en deur liggen aan de achterzij. Bij binnenkomst pakt zij mijn jas aan en legt die op het bed in de slaapkamer alsof het een kleedkamer is, kaal, onpersoonlijk, met kastjes in de muur, onbereikbaar hoog voor een kind. Steeds meer jassen stapelen zich op; bed en sprei verdwijnen onder de hoge last. Er is groot bezoek, het is haar verjaardag. Er is geen dag dat ze drukker is in haar eigen flat vol mensen, gasten, stoel aan stoel, kopjes en glazen, schoteltjes met taartjes – verdwenen is de vloer. Op het balkon met ijzeren hekje staan de asemmer en een trapleer, in de zomer bloempotten met geraniums, planten die heftig geuren, doen denken aan Frankrijk, de dorpjes en de pleintjes.

Het flatcomplex is gebouwd in een statige wijk met straten van aaneengesloten herenhuizen, waar o.a. ooit de schrijver uit het Fin de Siècle, Louis Couperus woonde en hij zijn Eline Vere schreef in een huis aan de Surinamestraat. Niet ver van Bette vandaan. Ze leest

Couperus ook al schrijft hij niet over gewone mensen in arme buurten. Hij houdt van de Grote Oost, waar hij jaren als kind gewoond heeft. Het is de tijd van de koets en de paarden, het trage leven, het decadente levensgevoel, de stilte voor de storm, die Bette al vroeg heeft voorvoeld. De huizen zijn hoog en diep. Op de vloer in de huiskamer liggen Perzische tapijten en in het donker van de achterkamers klinken stemmen van oude mensen. Zij genieten van de stilte in de hoge kamers en de diepe gangen. De stilte die doet denken aan het oude Indië, waar het kapitaal vergaard is op de plantages. Als de oude mensen tegen zes uur in de salon thee drinken, zien ze Bette op de fiets langs rijden. Ze komt uit kantoor en rijdt haastig voorbij om nog op tijd haar boodschappen te doen in de winkeltjes die om half zeven sluiten. De deftige buurt eindigt op het hoger liggend Bankaplein, het laatste eiland van de archipel, het oude buurtje met de slager, de melkboer, de stomerij, de rijwielhandel en de loodgieter, de delicatessenzaak en de bloemenwinkel. De eigen terp, waar Bette woont. Hier kent men haar, hoe onopvallend ze ook is. Ze zal, gehecht aan de buurt, aan haar vaste loopje naar de winkels, er nog jaren wonen. Ik zal er uren doorbrengen in haar flat, uren met haar samen zijn, luisteren naar haar stem, haar gedachten onderbroken door een plotselinge lach, geschreeuw in de straat of zachte verontwaardiging om een burenruzie beneden. In de beslotenheid van haar thuis, haar appartement, tussen haar boeken ontluikt en groeit de vriendschap. De onderzoekende en aftastende intelligentie van Bette doordringt mijn leven. Langzamerhand houdt ook Bette van deze stad, van dit buurtje. Ze is een Haagse dame, elegant, belezen, vastberaden en bijna doorzichtig tenger. Ik heb haar nooit meer voorover gebogen op de motorfiets in haar zwartleren pak door de straat zien razen.

Even lijkt het erop dat het normale leven terug is. De Canadese
soldaten zijn naar huis. Men gaat naar school, naar de fabriek, het
kantoor. De winters zijn mild. Men eet weer aardappels. Dan wordt
het zomer, de temperatuur stijgt, een hittegolf. Iedereen spreekt
ervan. In een mum van tijd worden de aardappelveldjes kaal
gevreten. Ineens is hij overal, de Coloradokever uit Amerika. Onder
het blad, op straat, over de radio, op school, in de winkel. Iedereen
verandert in een kever. Een glanzende kever. Wanneer de zomer
voorbij is, wordt alles weer normaal. Bette komt weer op bezoek.

De zomers

De zomers duren lang, zijn vreselijk en saai. De zomers willen niet
beginnen, niet eindigen. De zomers zijn eeuwigdurend, leeg.
Melkboer, bakker, slager, ze zijn met vakantie, weg. De stad loopt
leeg alsof een invasie van de vijand wordt verwacht. Het platteland
stroomt vol mensen uit de stad. Het platteland dat een stadskind zich
niet kan voorstellen. Het platteland een woord uit een woordenboek.
Bette huurt elke zomer een vakantiehuisje. Ze treft al vroeg in het
jaar de eerste voorbereidingen. Wekenlang komt na het eten de krant
met de advertenties voor de zomerhuisjes op tafel, de atlas van
Nederland er naast. Ze bekijkt de ligging, de bereikbaarheid met de
trein, het aantal kamers en bedden, de keuken, het bijgebouw, de
beschikbaarheid van fietsen, de veiligheid en de medische
voorzieningen, de dokter of een ziekenhuis. En ten slotte de prijs
voor drie, vier weken soms.

Uren, weken gaan voorbij. Soms belt ze op soms vraagt ze
informatie per brief. Haar keuze blijft een verrassing tot het

allerlaatste moment. Bette doet dit ononderbroken, onvermoeibaar 15 jaar achtereen. Ze wil de kinderen van haar zus laten zien hoe dit land wordt bewerkt en bebouwd, bebost en bewoond. Dat er nog meer is dan de eigen buurt, de stad, de school, de kerk van die ene stad waar ze dagelijks leven, naar school gaan en spelen op straat (als ze de stoep bedoelen). De laatste jaren gaat ze naar Zwitserland, de bergen in. Duitsland laat ze steevast links liggen. De jaren dat ik met haar mee ga, draag ik nog een korte broek, hoge schoenen of rubber laarzen. Bette maakt foto's, kiekjes met een boxcamera. Het vakantieoog van Bette; een automatisch, standaard cameraatje, dat bij haar past, geen poespas, geen handleiding voor het gebruik, geen voorbereidingstijd, maar gewoon de box, het oog richten en klikken.

Bette kookt, doet de was, organiseert kampvuur en fietstochtjes, wijst hoe je een fietsband plakken kunt, een achterlichtje repareren en hoe je de weg kunt terugvinden met de paddenstoelen van de ANWB in het bos. Het is een scheutje socialisme, waaraan bloemen, ideeën, emoties en heldendaden kunnen ontspruiten. Sommige jaren krijgt ze hulp van een Indische vrouw, die bij haar op kantoor werkt. De vrouw heeft helblauwe ogen, een brilletje zonder montuur, dunne armen en benen. Ze lijkt op een sprinkhaan, vriendelijk, benig en vooral onverwacht van actie. Ze verrast. Of ze met die vrouw een liefdesrelatie heeft, merk ik niet. Het is een vraag die pas later bij mij opkomt en weer verdwijnt. Een opwelling. Haar liefdesleven is een verborgen plek. Onbesproken en onbespreekbaar.

Soms blijf ik langer in de avond op, zit met haar aan de keukentafel in het vakantiehuis. Ik ruik de grond, de zeelucht. Ik snuif en snuffel, ben nog net geen dier, ruik het zwijn dat over het bospad scharrelt. Ik luister naar de vogels, hoor de specht kloppen, de lijster zingen.

Bette lacht, de liefde is voelbaar in de vreemde keuken onder het lichtpeertje aan het plafond. Over eenzaamheid zwijgt ze tot het eind van haar leven. Nu gaat het om kinderen. Soms valt er een van de fiets, verdwaalt een ander in het bos, dan weer vliegt de keuken in brand, springt een derde zonder zwembandjes in het diepe. Besognes die haar veerkracht geven. De zomer eindigt altijd met de vraag 'en volgend jaar?'

De mensen op straat

Het is een geheim dat alles doordringt, dat iedereen kent, waarover niemand spreekt alsof er geen woorden voor te vinden zijn. Het geheim ligt op straat, de mensen lopen er om heen alsof een hond net de tegels heeft bevuild. Weemoed, hartzeer, verdriet hangt in de straten, tekent de naoorlogse gezichten. Veel blijft onbenoemd van wat in de oorlog mensen elkaar hebben aangedaan.

Bette is gekleed in lange jas, draagt geen extravagante bril of fel gekleurde hoed. Herkenbaar is ze aan haar silhouet, dat altijd in beweging is, lopend of op de fiets. Misschien valt in deze tijd van schaarste, van voedsel op de bon wel niemand op, lijkt iedereen op iedereen, is dat al absurd genoeg. De kleren van de mensen wisselen met het seizoen zoals het altijd is geweest, een natuurlijke cyclus, een terugkeer van hetzelfde. Alles wordt anders? Maar dan op eenzelfde manier om het vertrouwd te maken, niet meer te vergeten.

Mensen, het krioelt van de mensen. Ze dragen een aktetas, een paraplu, een hoed, een wandelstok. Straatmensen, kantoormensen, trammensen zijn het zoals mieren, elkaar herkennend aan de geur, altijd onderweg en van eenzelfde kleur, haastig en op weg, hun plicht achterna. De binnenstad is een beest dat gaapt en slaapt, zich oprolt en uitvouwt, ondergronds gaat, riolen leeg drinkt, gromt om de vlooien in zijn vel. Stratenmakers kruipen op hun knieën over het gele zand om de stadsvloer te bestraten met keien uit de losse hand. Het trottoir betegelen ze pasklaar tot een perfecte vloer. De huizen zijn opgetrokken van rode baksteen, somber als vanouds volgens een modernistische stijl die snel vergrijst. Op feestdagen lijkt het vrolijker, gaat de vlag uit, ook bij Bette, hoe moeilijk het ook is met één hand je vast houdend en met de ander de stok in de ijzeren houder naast het raam te steken. Open ramen, vlaggen, een blauwe lucht, muziek beneden in de straat, dat is bevrijding. Net als de buren in de straat viert Bette feest. In de verte wordt vuurwerk afgeschoten vanaf strand en boulevard. Bette neemt de kinderen mee naar het park waar spelletjes worden gedaan, hinkelen, zakken lopen, rennen met een aardappel op een lepel naar de overkant van het weitje. Nee, nationalistisch is Bette niet, wel vaderlandslievend dankzij de oorlog, die de mensen heeft terug gevoerd naar de bodem van het bestaan. Nu klauteren ze er weer bovenop, komt de binnenstad met stamkroeg, tram, glasoverdekte passage en warenhuis tot leven. Wandelaars vergapen zich in het weekeinde aan etalages. De straat is het territoir van de fietser, soms van een personenauto, vaker van een vrachtwagen, die over de kinderhoofdjes dendert. Winkelend publiek wringt zich als een wurm door de smalste koopstraat. Bette heeft geen auto, wel een rijbewijs als ik me niet vergis met haar paspoort. Ze heeft sterke benen, ze zal tot op hoge leeftijd lange wandelingen maken.

Elke dag gaat ze op de fiets, een zware Fongers met dikke banden, terugtraprem en stevige bagagedrager. Ze let goed op, bij het kruispunt remt ze af met haar voet slepend over de straatstenen of neemt de fiets aan de hand, als ze het zebrapad kiest. De krant en de brievenpost worden bij haar bezorgd door bestellers in donkerblauw bedrijfsuniform, jongens op de fiets. Van Gend en Loos jaagt met flapperende dekzeilen op de wagen zijn paarden door de straat, de buurtagent komt stapvoets op de fiets langs of gaat te voet. Hij groet als hij je kent, zegt Bette. De groenteman komt met paard en wagen, de bakker trapt zelf zijn bakkerskar, met handrem onder het langwerpig zadel. Het dagelijks leven kabbelt onder een grijze hemel en een dreigende regenbui. In de zomer, als de hitte niet te harden is, ringelingt Jan de ijscoman met handbel op zijn witte karretje voorbij. Af en toe klinkt de stem van de voddenman of de roep van de Zigeuner scharensliep. Vreemd volk, dat niet meetelt, wordt gewantrouwd of weg gejaagd. Schitterend vuurwerk spettert wanneer hij de messen wet op de slijpsteen, die hij aantrapt met zijn voet. Daarna is het weer stil in de straat. De mensen zijn onderweg, ze werken. Bette valt niet op tussen de winkelende mensen, de druipende regenjassen.

Enig idee? Van de tweede helft van de twintigste eeuw. Van dit land,
Nederland toen. Van het leven op straat, in huis, in de lucht. Van de
muziek, de vuilnisophaal, de kapsalon, de straathond. Nee, alleen
van de bom. De bom voor en na tafel, op school, onder de preek. De
bom in cellofaanpapier, onzichtbaar, verzonnen? Altijd en eeuwig,
de bom. De atoombom als dessert. Bette, mijn tante en de bom.
Onvermijdelijk. De brok in de keel van de tijd.

Het IJzeren Gordijn

Als ze nog maar vrij kan ademhalen, haar mening zeggen, haar
toekomst dromen. Hoog in de lucht, boven het stadsgewemel gaan
vliegtuigen over, geen leeuwerik die het zal na doen. Bette kan het
zich wel voorstellen zo hoog de diepte van de hemel in, hoewel ze
nog nooit in een vliegtuig gezeten heeft. Het beangstigt haar
misschien te verdwijnen achter de wolken. Of heeft ze nuchter als ze
is aan het krioelend leven op de grond genoeg? Ze weet het, in de
lucht woedt de oorlog. Dwars door het oude Europa daalt het IJzeren
Gordijn, dat mensen scheidt en van elkaar vervreemdt. Gewone
mensen zoals Bette en haar familie. Vrouwen en mannen, die
oorlogspuin ruimen, huizen bouwen, tram en bus besturen. Jonge
mensen die naar school willen, een opleiding volgen, later een gezin
stichten. Ook al kent Bette geen Polen, Hongaren, Tsjechen of
Roemenen bij naam, hun vaderland alleen van de kaart, ze horen bij
het oude Europa, het Avondland. Wenen, Freud, Praag, Kafka,
Boekarest, Brancusi, dat is Europa. Het is een vreemd gevoel, deze
tweedeling, onverbiddelijk en onherroepelijk zoals men denkt. Het is
alsof één kamer van je hart wordt geblokkeerd, het bloed niet meer
wordt doorgestuwd. Het gebroken hart.

71

Zo heeft Bette zich de bevrijding en de vrede niet voorgesteld. Europa raakt gescheiden in Oost en West, twee draaischijven voor de welvaart in de toekomst. Zijn de mensen gek geworden, hebben ze hun verstand verloren, is dit de absurde wereld van Camus? Heeft men de kunst van het praten verleerd, is men monddood gemaakt? Met het verstrijken van de jaren wordt het gordijn voorzien van greppels, mijnenvelden aan weerszijden, een stille dodenakker dwars door Europa. Wat voor Bette een vertrouwde wereld is, nu afgesloten en verdeeld, wordt voor mij een geheimzinnige ruimte, waar landsgrenzen op de kaart zijn uitgegumd tot stippellijnen en buiten een ijzige wind waait vanuit Siberië, het dichtgevroren land van politieke stilte. Dichterbij, in het labyrintische stadsriool van Wenen ontsnappen spionnen. Harry Lime zoals hij in de film heet draagt net als Bettes collega's op kantoor, een hoed, een regenjas met opgezette kraag. Hij vlucht door het water van het riool, door de onderaardse gewelven die de bezettingszones van de stad verbinden. Dwars door Berlijn wordt een muur van betonnen platen opgetrokken, waar Duitsers op vluchtende Duitsers schieten. Een Muur die pas in 1989 wordt neergehaald als Bette gestorven is.

In de communistische landen beginnen schijnprocessen tegen kameraden. Bette leest het in de krant, ze praat erover op kantoor, ze hoort het over de radio. De nieuwslezer met zijn metalen stem is onverbiddelijk. De beklaagden leggen bekentenissen af, spreken tegen de schijnrechters woorden van bedorven speeksel en geronnen bloed. De waarheid sterft, wordt niet begraven. Het benauwt Bette. Wie liegt? Wie moordt? Met propaganda - de voorloper van reclame - is de wereldoorlog begonnen. Steekt het bedrog opnieuw de kop op? Wat kan Bette geloven zonder voor naïef te worden gehouden?Macht en leugen zijn verstrengeld. Kan Bette nog rustig slapen?. Aan beide kanten van het Gordijn sluipt achterdocht de huizen binnen, kruipt wantrouwen de trappen in de wooncomplexen op, grijpt het monster van verraad de mensen bij hun been.

Er heerst een ijzige sfeer onder de mensen. Ze trekken zich terug in eigen kring, familie of gezin, sluiten de deur voor vreemden. De zgn. derde weg van de pacifisten, het alternatief voor een vreedzaam samenleven wordt afgedaan als verraad, een aanval in de rug. Bette voelt zich er niet bij thuis. Het vreet aan haar gemoedsrust, haar geweten dat macht opnieuw recht en verstand verdringt. De mensen moeten kiezen, ook in Nederland. Kijkt Bette achterom, wanneer ze aan de voordeur de sleutel in het huisslot steekt?

Op stap met Gorter

De bossen, daar komen we nooit. Wij zijn stadskinderen, vriendjes van de mussen en meesjes. In de stad is geen bos, in de stad staan bomen langs de stoeprand. Essen en iepen, esdoorns, linden en eiken, kastanjes, hier en daar beuken, oude, roodverkleurende beuken. De bomen in de straat zijn versiering van de stenen stad. De bomen worden kaal, bij regen donker glimmend, nat en spookachtig als dieren in de wind. Rioolputten slurpen water en slibben dicht. Bomen in de stad zijn vreemdelingen. Maar bossen, nee bossen kennen wij stadskinderen niet.

Bette neemt ons mee naar Brabant en Gelderland en Drenthe. Land met bomen die het licht stelen uit de lucht. Bossen met bramen, cantharellen, champignons en paddenstoelen. Bossen vol mieren en insecten en wormen. Hoog tussen de takken springen de eekhoorntjes, onder de bladeren nestelen vogels, zingen en vliegen zij op naar de hemel, het blikveld uit. Merel en koekoek, specht en raaf, de leeuwerik, die het hoogste stijgt. Ik luister naar het geklop en gezang, naar het gefladder, het breken van takken. Het liefst loop ik in mijn rubber laarzen rond. In de avond hoor ik de nachtuil roepen en de vleermuizen zoeven om het boshuis. Bij de afwas zingen we de uil zat in de olmen en over de koekoek achter gindse heuvel. In de nacht is het stil in het bos, doodstil, beangstigend stil voor een stadskind dat met vakantie is. Het huis kraakt. In bed hoor ik muizen rondhollen, takken vegen langs het raam, een krolse kat lang gerekt schreeuwen. De volgende dag schijnt de zon, stappen we op de fiets, rijden het bos uit, langs een beekje, over heide naar de bosvennen. Waar zijn de vleermuizen, de boodschappers van het onheil? Bette rijdt achteraan om niemand kwijt te raken. Bij de lunch langs de zandweg eten we boterhammen, eieren en tomaat uit papieren zakjes, leert ze ons namen van planten en bloemen. Boterbloemen, veldbloemen, pinksterbloemen, heide en brem, kattenstaarten, varens, lavendel en wilde Oost-Indische kers.

We zitten op de grond wat we in de stad nooit doen. In de avond na de afwas vertelt ze van Theo Thijssen, van Frederik van Eden, van Gorter, hun idealen. Ze maakt ons vertrouwd met de aarde, het wereldje van wriemelend leven in de grond. Het geheime leventje van wormen en torretjes met pantsers en scharen, antennes, slijm en kleefstof. Bette helpt de angst verdrijven voor alles wat beweegt, graaft, scharrelt, vliegt. Ik leer naar insecten kijken, ze aanraken, hun spoor volgen, hun nesten en holen herkennen, uithalen en vernielen, wanneer ze niet kijkt. Daar staat ze dan, een beetje van ons af, op afstand, klaar om in te springen, een stommiteit te voorkomen. En kijk naar haar. Hoe ze handig met de wind mee een kleed spreidt op het gras, de fiets met een ketting om een dunne boomstam legt, de kaart zonder te scheuren open vouwt, een tas onder de snelbinder zet, omhoog wijst als ze een specht hoort kloppen. Luister en kijk, straks ben je weer thuis. Wat eerst een plaatjesboek is, ademt, ruikt en beweegt. Ik leer in de buitenlucht te zijn, me vrij te voelen in het bos, mijn ogen, oren, neus en handen te gebruiken. Het is een hele stap voor een stadsjongen die nog geen haas van een konijn kan onderscheiden. Bette geeft een voorproefje van wat vrijheid is. Hoe het aan voelt zich vrij te voelen. Pas later na Gorter komen Rousseau, Sartre.

Ik zie haar vaker, op andere tijdstippen, op meer plaatsen, in het gehuurde huis, op het terras, op de fiets, in de winkel, tijdens de picknick en het avondeten. Bette regelt en organiseert, zorgt dat het niemand aan iets ontbreekt. Alles draait op volle toeren. Vaker zit ze apart en kijkt voor zich uit zonder veel te zeggen, alsof haar aanwezigheid niet meer nodig is. Bette luistert en hoort zoals Vasalis het grote ademen van de aarde, van de zee, van de mensen dichtbij en ver weg hoeveel lawaai en drukte ze ook maken, hoe ze ook hun best doen de stilte te verdrijven, Bette hoort de liedjes van Gorter, ze hoort het kloppen van het hart, van het leven.

Over menselijke waardigheid

Het geheugen heeft een witte vlek. Het geheugen maakt een sprong. Het geweten volgt en maakt een bokkensprong? Hoe was het ook weer, vroeger, de tijd vóór de oorlog met zijn Duitse schlagers, Duitse cabaret? West-Duitsland wordt bondgenoot. De vroegere bezetter, de moordenaar van Joden, zigeuners en homo's wordt medestrijder tegen het communisme. Mankerend geheugen of onwil, opportunisme, kwade trouw? Het is de wereld op zijn kop. Noodzaak, machtsevenwicht, het doel heiligt de middelen of recht praten wat krom is?

Natuurlijk begrijpt Bette dat geen waarheid onomstreden is en een compromis in de grote politiek vaak onvermijdelijk. Schipperen is soms het hoogste goed. Ze praat niets goed van de communistische terreur, van Stalin, de showprocessen. Bette is sociaaldemocraat, houdt vast aan menselijke waardigheid, de honnête homme van ter Braak, de onvermoeibare bestrijder van de Nazi rancuneleer. De man die al ver voor de oorlog de politiek van de regering hekelt en aan de kaak stelt. De man die bewust zijn leven beëindigt op de dag van de Duitse inval in Nederland. Ter Braak, de schrijver van scherpzinnige en vlijmscherpe kunstkritieken over literatuur, toneel en film in het dagblad het Vaderland. Zij kent zijn boeken en krantenrecensies. De nieuwe Realpolitik is een pact met de duivel zoals dat van Molotov-von Ribbentrop vóór de oorlog – ook al gelooft ze niet in de duivel. Benauwend voelt het opnieuw naar het grensland van de vrijheid te worden gedreven. Het is tijd zich af te vragen wat gewone mensen voor elkaar kunnen doen. Moed, hulp, vertrouwen zijn in deze dagen wezenlijker dan het eigen gelijk.

En altijd praat Bette op zachte toon, maar beslist. Oud-nazi's, ze weet het, zitten nog overal in de Duitse samenleving, hebben weer een grote bek, komen terug op hoge, politieke posten, zijn met hulp van het Vaticaan gevlucht naar Argentinië, weggekocht door de VS voor het ruimtevaart programma zoals Werner von Braun. Het Joodse echtpaar Rosenberg – wekenlang staat het proces op de voorpagina van de krant - wordt wegens spionage voor de Sovjet-Unie in de VS op de elektrische stoel gebracht. Ze denkt, zoals veel mensen in Europa, dat het echtpaar onschuldig is, het proces een hetze van Mc Carthy, de Amerikaanse communistenjager. Bette wordt stilzwijgend in de hoek van het communisme gedrukt, terwijl ze op de bres staat voor het eigen geweten, de kleine plicht. Waar blijft de redelijkheid, het compromis in het gesprek, de krant, de politiek? Wat moeten kinderen hiervan denken? Gaan jullie maar buiten spelen. Bette leest de Groene Amsterdammer. Wie dat weekblad leest, staat op de lijst van de Binnenlandse Veiligheid Dienst, die allerhande persoonlijke gegevens vergaart.(tot de kleur van de sokken of de maat schoenen alsof die er toe doen om de vijand te verslaan) Tegen de stroom in, blijft ze hoopvol en strijdbaar, onvermoeibaar verplicht ze zich tot persoonlijke verantwoordelijkheid. Aan haar gezicht, kapsel, lange jas kun je niet zien, hoe overtuigd en beslist Bette is. Ze kent de weg, weet wat haar te doen staat, de kleine plicht.

Iedereen heeft wel een tante. Een dikke tante, een speelse tante of de strengheid zelf. En als dat niet zo is, noemt men de buurvrouw wel tante. Desnoods de oude vrouw aan de overkant. Veel schrijvers maken hun eigen, echte, literaire tante. Proust maakt een tante voor het geheugen, Gilliams uit tederheid, Bomans voor de grap, Reve uit verveling. Nooit gaan er dertien tantes in een dozijn. Voor Bette, mijn tante bestaan geen woorden. Zij is niets meer of minder dan mijn instinct.

Een wervelwind door het huis

Regen of wind, hagel of vorst, Bette komt op de fiets met boodschappen in haar fietstas en dossiers die ze niet zal uitpakken.

Drijfnat, hoed op of een regenkapje, handschoenen of bevroren vingers. Mijn moeder, het schort voorgebonden, is druk. Zodra Bette van de fiets stapt, begint de carrousel te draaien. Het huishouden is een bedrijf zonder machines en elektrische apparaten, meest handwerk, van de was in de zinken teil en de afwas in de gootsteen tot het koffie malen met het handmolentje aan de keukenmuur. Het is niet anders dan tafel dekken, eten koken, kleren wassen, te drogen hangen aan de lijn, vloeren boenen, vegen met bezem of stoffer, sokken stoppen, kolen scheppen en houtjes hakken, ramen zemen. Bette is een wervelwind. Ze is overal, op elke verdieping, heeft wel honderd armen, handen, benen, hangt roepend en lachend uit alle ramen. Er zijn wel tien, twintig Bettes, die kasten in- en uitruimen, bloemen zetten in een vaas, glazen vullen, pannen op tafel zetten. Bijna zoals mijn moeder. Het huis is een helse machine door handkracht aangedreven. Het ratelt, schudt, rammelt en zingt, stort nog net niet in. Het is de bibelebonse berg.

Als Bette op weg is naar dit huis, denkt zij dan aan de machine, aan de kinderen of aan de gesprekken, de emoties die oplaaien, zich nauwelijks laten afkoelen, zelfs niet met afwaswater? Bette en mijn moeder, twee zussen, die al vroeg hun moeder hebben verloren en nu in de buurt van elkaar zijn, in één en hetzelfde huis. Twee zussen, die elkaar verstaan zolang ze samen dingen doen. Onverwisselbaar zijn ze, ieder zichzelf. Samen zijn ze een span dat het huishouden drijft. Pas wanneer de krant wordt dicht gevouwen, thee wordt ingeschonken, sokken worden gestopt, een trui gebreid, begint het machientje van de gesprekken te lopen. Niemand weet of het deze avond zal haperen of zal vast lopen. Geen van drie zal het zomaar opgeven, mijn moeder misschien als eerste, zoekend naar een andere sok of kous. En Bette knikt.

De regenjas is van nylon, steeds minder nodig nu men auto rijdt. Snelwegen met op- en afritten doorsnijden het land en natuurgebieden. Herten en dassen, zwijnen en reeën worden van elkaar gescheiden, sneuvelen op de snelweg. De middenberm krijgt een vangrail, de rijsnelheid wordt opgevoerd tot boven de 100 kilometer per uur. Aan parkeerplaats is overal in stad en dorp gebrek, garages gaan ondergronds. De trams rijden door het stadscentrum, maar zijn zo goed als leeg en mikpunt voor vandalen. De steden lopen vol en raken verstopt zoals een slecht werkend riool. Men graaft tunnels onder de grond, bouwt torenflats. Op de daken verschijnt hier en daar een Tv antenne. Men woont in de voorstad, forenst en staat in de file. Het is vooruitgang in zijn vrij, viaducten zijn de loopholes van de nieuwe energie. De welvaartsstaat op stelten, de verzorgingsstaat op poten. Steeds meer mensen werken op kantoor steeds minder in de fabriek. Witte boorden verdringen de blauwe boorden. De werkweek wordt verkort, de vrije zaterdag ingevoerd. In grotere en kleinere steden, in dorpen bouwt men sportvelden, tennisbanen, zwembaden, overdekte sportzalen, speeltuinen en hier en daar ook dierentuinen. In de binnenstad verrijzen warenhuizen, legt men voetgangers gebieden aan, die worden overluifeld. Oude gevels verdwijnen van het netvlies. Graffiti verschijnt op muren van bedrijven, op viaducten, langs het spoor. Kunst ligt op de straat. Is Keith Herring al geboren? Verdichting heeft niet met poëzie te maken, maar met bewoning, de dichte pakking in steden.

Tussen mannen op kantoor

Bette werkt bij het Ministerie van Sociale Zaken in de Zeestraat, later bij Onderwijs, Kunsten en Wetenschappen (OK&W), niet ver van haar huis. De panden zijn voorlopig opgelapt, verbouwd en ingericht, hebben een persoonlijk karakter, vriendelijk of comfortabel, saai of versleten, slecht verwarmd en tochtig vaak. De vloeren en de houten trap kraken, in de gang hangt een brandblusser. De ambtenarij is geen anoniem bedrijf. Het zijn mensen die er werken. Gewone mensen, deftige mensen, mensen zonder of met kapsones, fratsen, eigenaardigheden. Hun werkplek is een kamer met schuifraam, planten, een zitje, een kast om je overschoenen in weg te zetten. Men kent elkaar, zegt goedendag op de gang, helpt het koffiemeisje. Men improviseert, er is geen tijdcontrole, iedere ambtenaar kent zijn klok. Bureau en kast sluit men 's avonds met een sleutel af. Men is verantwoordelijk voor de onderhanden dossiers, staatsgeheimen. Tutoyeren doen alleen de lagere ambtenaren elkaar. Er is een overdekte fietsenstalling met bewaker, de fietsenmaker, die een lekke band plakt of een fietslamp repareert. Hij is ook klusjesman, niet te beroerd voor een boodschap waar hij nog een zakcentje mee verdient. Hij snoeit de beukenboom op de binnenplaats. Een professionele glazenwasser sponst en zeemt de hoge ruiten. Het is een driemaandelijks spektakel. De bode brengt intern de post rond, klopt op de deur voordat hij de werkkamer binnen komt. Hij draagt net als de andere bode een donker uniform en meestal glimmend gepoetste schoenen. Samen zitten ze in de bodekamer, hun werkjasje hangt over de rugleuning van de stoel, terwijl ze de post sorteren, koffie drinken, geintjes maken met het koffiemeisje, het loopkarretje vullen met dossiers en brieven, die ze persoonlijk bezorgen. Aan hun stap, het gepiep van het karretje hoort

80

Bette welke bode dienst heeft of haar even groeten komt. Gister zag ze hem nog bij de kruidenier.

Het merendeel van Bettes collega's is man. Mannen van haar leeftijd en ouder, mannen in keurig gestreken overhemd, colbert, stropdas en pantalon met scherpe vouw, mannen met hoed en regenjas, mannen wel honderd in een dozijn. Ze is de enig academisch gestudeerde vrouw in de vergadering, in de kantine zijn vaker vrouwen. In deze mannen wereld wordt aan één stuk door gerookt, sigaren, sigaretten, een pijp. Ze houdt er niet van, zegt ze, maar kan er weinig tegen doen. In haar jeugd heeft ze TBC gehad. Het maakt niet uit; dat kwam vroeger vaker voor, wordt stil gedacht. Zelfs als ze in haar werkkamer zit, wordt er gerookt alsof de lucht niet voor haar bestemd is. Mededogen bestaat niet, zelfs veinzen doen ze niet. Het zal haar uiteindelijk, wanneer ze al met pensioen is, fysiek opbreken en dan is er niemand die zich komt verontschuldigen. Niemand. Heeft ze er ooit over gedacht te vertrekken, haar eigen gang te gaan, een winkeltje te beginnen? Bette heeft Franse taal en letterkunde gestudeerd, maar op de arbeidsmarkt is er buiten het onderwijs geen vraag naar deze taal. Evenmin is er veel behoefte aan een afgestudeerde vrouw met socialistische idealen en bijziend als men is, heeft men op kantoor het grote hart nog niet in haar ontdekt. Ze maakt zich geen illusies over ambtelijke promotie, die ze in haar hart ook niet ambieert. Haar talent ligt in de kleine plicht die zij zich zelf heeft opgelegd. Na haar studie helpt ze werklozen via bemiddeling aan het werk. Er staan lange rijen mannen voor het kantoor, het is crisis, de tijd van de ingenieur op de tram en Bette is geen ingenieur, heeft geen rijbewijs, maar kan bemiddelen als geen ander. Zelf telt ze immers niet.

Ze leest een 'andere' krant

Bette zet haar fiets binnen, hangt haar jas op, pakt de tassen uit. In haar fietstassen het eeuwig breiwerk en wat speelgoed uit de Bijenkorf. Wanneer Bette er is, lijkt het buiten en ook binnenshuis minder kil. Samen schoenen poetsen, de afwas doen, terwijl zij vertelt. Ze blijft na de oorlog anti-Duits zoals veel Nederlanders. Zo lang als ik haar ken, is ze socialist tot in haar diepste nerven en tot verdriet van mijn vader. Mijn moeder laat zich er niet over uit; het maakt voor haar geen verschil. Bette is haar zus. Ik weet alleen dat het onrust schept, al die tegenstellingen, al die gesprekken, al die emoties, zonder te weten wat het is en waarover het gaat als ze 's avonds laat weer in gesprek raken. Het heeft te maken met een gevoel voor rechtvaardigheid dat ik ken en met onrecht in de wereld, waarvan ik geen notie heb. Als Bette maar komt, aan tafel zit, thee zet.

Mijn vader leest voor uit zijn katholieke krant. Bette leest een andere krant, die ze in haar fietstas houdt. Langzaam begin ik de verschillen te begrijpen, langzaam daagt het, waar de spanning vandaan komt, langzaam wil ik er meer van weten, word ik nieuwsgierig. De nazi's staan voor het kwaad dat tijdens het leven van Bette in de wereld komt. Tegen het kwaad, dat door kleine, verkeerde gedachten en daden in de wereld komt, zal ze zich weren met de kleine plicht van alledag. Ze is niet haatdragend, maar verafschuwt het fascisme; ze walgt van geweld. Haar afkeer is bijna fysiek. Misschien gebruik ik de verkeerde woorden, niet de woorden die zij uitkiest, wanneer ze er over praat. Zij weet hoe kleine stappen, verkeerde stapjes gewone mensen aan de verkeerde kant hebben gebracht. Het lijkt op kleurenblindheid, die tot grote vergissingen kan leiden. Je moet op je tellen passen. Ja, iedereen.

Bette gaat niet, nooit met vakantie in (West-)Duitsland. Ik hoor haar geen Duits spreken. Ook zal ze niet snel gebruiksartikelen van Duitse makelij kopen. Ze koopt desnoods Amerikaanse waar, maar die is schaars en duur. Ze is verbolgen, wanneer ze rond 1950 in het plaatsje Schoorl aan Zee, een Duitser van middelbare leeftijd in de tuin van het hotel de hoge paradepas ziet oefenen met een gefingeerd geweer over de schouder en een grijns op zijn gezicht. Wat ze gezegd heeft, weet ik niet, maar haar woede is oprecht en groot. Haar humeur is voor de hele dag bedorven. Ze is machteloos boos. Ik ben die dag verliefd op het Duitse meisje met de helblauwe ogen, de lichte welling in haar blouse, de dochter van de marcherende soldaat.

Kwartetten, thee en politiek

De stad is vol geklop, gebeuk en trillingen van sloophamers en heimachines, een kakofonie van geluiden, van een niet te stuiten werklust voor de wederopbouw van het land. Overal werken hijs- , graaf- en boormachines. Het leven bruist en trilt, de stad gaat op de schop. Bette werkt elke dag tot 's avonds laat, tot ze geen moment meer over heeft – totdat al haar tijd is opgebruikt. Elke dag verslindt Bette zich zelf, elke dag draait ze met kracht de papiermolen rond. Bette is weg, niemand die haar ziet. Ze werkt, ze leeft voluit, ze haalt diep adem, blijft onzichtbaar. Bette draaft als is er niet genoeg tijd om het werk af te krijgen. Elke werkdag is een race tegen de klok, de stapel dossiers, het stille, geduldige papier, dat alleen weg waait als het raam open vliegt. In haar persoonlijk leven zoekt ze geborgenheid, intimiteit, gezelschap. Ze wil zingen tijdens de afwas. En we zingen, overstemmen het gekletter in de afwasteil van de borden, lepels, messen, vorken en pannen. En onder het chaotisch gezang haalt ze nog sneller de borden en glazen uit het glanzend afwassop.

Steeds vaker komt ze bij mijn ouders aan huis. Er ontstaat een patroon, een gebruik, een gewoonte, die insluipt, bij het gezin, bij haar, bij de tijd. Ze is zo bedrijvig als mijn moeder en even eenvoudig gekleed. Aan mode doen ze geen van beiden. Ze zijn naturel. Wanneer wij naar bed gaan, laat in de avond, drinken zij, mijn vader, moeder en Bette thee en koffie, voeren ze gesprekken tot middernacht. Zij praat bedachtzaam vanuit belezenheid en kennis, maar vooral vanuit het hart. Over de koude oorlog, over kantoor en het radionieuws wisselen ze van gedachten, over het moorden en het bewapenen spreken ze, over de honger van gewone mensen, praten ze. Sterke drank drinken ze niet.

Ze redetwisten over de politionele acties in Indië, dat herveroverd moet worden na de Japanse nederlaag, na de Amerikaanse atoombommen op Hiroshima en Nagasaki. Over de bommen geen woord. Het tijdperk van de dekolonisatie is aangebroken. Nederland moet zijn soldaten terugroepen, de soevereiniteit overdragen. Maar aan wie? Soekarno, Hatta en Shahrir, het zijn oproerkraaiers, terroristen, landverraders, maar niet volgens haar. Vrijheidsstrijders zijn het, mannen die opkomen voor hun volk dat lang genoeg voor het moederland heeft gewerkt. Laat ze hun eigen land besturen, ze hebben gestudeerd en weten wat ze willen. Merdèka. Vrijheid. Multatuli zei het al, de inlander wordt op misdadige manier uitgebuit. Wie kent niet zijn oprechte verontwaardiging? Het is de hoogste tijd voor dekolonisatie, ethisch maar ook politiek. Nee, nee, het moederland zal te gronde gaan, is het weerwoord van mijn vader.

De plantages zullen verloederen. De export zal weg vallen. De deviezen zullen opdrogen. Indië verloren, rampspoed geboren. Nadat koningin Wilhelmina is afgetreden en Juliana de troon heeft bestegen, vindt in 1949 de overdracht van de soevereiniteit plaats. Een stroom migranten komt op gang. Batavia wordt omgedoopt tot Jakarta en in het centrum van de stad krijgt een groot plein de naam Merdèka. Ik begrijp niet goed waar al die in het water staande mannetjes met rieten hoed nu ineens gebleven zijn. Een paar jaar later zit ik in de schoolbank naast een Indo, een migrant. Ik heb geen idee van waar hij komt. Hij moest weg uit dat land zoveel begrijp ik nog net. Indonesië is vrij, over Indië wordt niet meer gerept. Ik voetbal met de Indo op het schoolplein, echt goed kan hij het niet.

Zal Bette nu op reis gaan naar het onafhankelijke land? Nee, er is genoeg te doen in eigen land, in eigen kleine kring. Toch neemt de spanning in de huiskamer niet af. Natuurlijk, er wordt gekeuveld, gekletst, geconverseerd en gelachen, halma en 'mens erger je niet' gespeeld. Ook kwartetten met de oudste kinderen doet Bette graag. Maar over het gesprek daarna hangt de schaduw van Stalin, de massamoordenaar. Hij is sluw, meedogenloos, de crimineel uit de Kaukasus. Bedoelen ze dat hij een straatschooier is, een regelrechte ploert of lijkt hij op het hoofd van de school? Ik snap het nog maar half, misschien kan ik maar beter gaan kwartetten met Bette, die stil de kaarten schudt en niets meer zegt. De nucleaire wapenwedloop is in volle gang met hulp aan beiden kanten van ontvoerde atomgeleerden uit het overwonnen nazi-Duitsland. Europa is één groot wapenarsenaal vol raketten.

Issa (haiku poet) 1825

perfectly straight

if we let it be...

chrysanthemum

(uit Kobayashi archief, a haiku a day)

Bette is een en al bedrijvigheid. Heeft ze Issa gelezen? Ze is altijd doende, steeds onderweg. Een bij die zoemt van honing. Ontglippen zal haar niets. Geen bloem vliegt ze voorbij. Ze weet het, loslaten is de achterkant van bedrijvigheid. Onthechten de kunst om de greep op het leven te vergroten. Het is volmaakt ter zake, het los laten van de dingen. Het moment van ontspanning brengt ontvankelijkheid. Kijk. We zien de chrysant.

Tussen eb en vloed

Bette woont niet ver van de boulevard in Scheveningen. Niet ver van de zee, de Noordzee met haar grijze verte, haar duizenden haringen, haar woeste ledigheid. De Noordzee en Bette op een steenworp afstand van elkaar. Ze is er zelden, Bette is geen zeemeermin. Ik ga vaak naar het strand. Op de fiets of met de bus naar de boulevard en het strand. De fiets op slot, het trapje af, over de houten plankieren, langs de strandpaviljoens met glaswanden tegen de wind. Het is een strand voor badgasten, stadsmensen en toeristen, vreemdelingen, meest oosterburen. Bette is er zelden. Het strand, dit volle, met mensenlichamen afgedekte strand is niets voor Bette, die de wind wil voelen in haar gezicht, het zout op de lippen proeven, de pas erin zetten, wedijveren met de golven, bijna jakkeren, de branding wil horen breken op de kust. In de zomer is het strand geplaveid met zonaanbidders, transistor radiootjes en zoekgeraakte kinderen. Er wapperen rode vlaggen, waar het verboden is te zwemmen. In de verte steken de armen van de vissershaven in zee, dichterbij breken de kleine en de grote pier de aanrollende golfslag.

Ongemerkt sterft langzaam de stijlvolle badplaats voor geklede dames en heren, schrijvers en dichters, bloeit het vertier op, komen er schiettenten, amusementshallen, breiden de terrasjes met gasverwarming zich uit, wordt de boulevard verkeersarm gemaakt, drijft de geur van bakolie, patates frites en gefrituurde vis voorbij. Het casino wordt geopend, een golfslagbad aan de boulevard gebouwd. Bette komt hier nooit haar tijd of geld vergokken. Het strand ligt bedolven onder badstoelen, krijgt een voering van glimmend zondoorstoofde lijven. Voor Bette is dit niets.

In de vakantie huurt ze een huisje aan zee, in Schoorl aan Zee, een andere zomer op het Waddeneiland Terschelling. Daar ligt haar strand, haar kust, haar zee, het verlangen naar de verte. Nauwelijks mensen, nat zand, een bolderwagen, meeuwen in de lucht, steltlopers langs de waterlijn, schelpen op de zandbanken, duinen met helmgras en de wind van nergens. Het strand aan de Noordzee, de woelige kust, de woeste soms gladde zee, de wispelturige zee. Hier jaagt de wind, heersen de goden, raakt de maan het hart. Een gevoel van onstuimigheid, het verlangen dat aan het strand van Scheveningen ontbreekt. Bette loopt van het zomerhuisje naar het brede strand, staat op het duin, zit in het zand, tuurt over het water. Ze wuift met haar hand, ze wuift me weg. Ga, trek je spoor. De tijd gaapt, strekt zich uit, vliegt op de wind, verandert in een insect dat op mijn schoen neer strijkt. Uren lig ik in de duinen, luister naar de zanglijster in de meidoorns. Op mijn rug liggend in de duinpan reis ik met de wolken voorbij de verte,. Bette glimlacht om de wilde vredigheid.

In de herfst wandel ik weer langs het verlaten strand van Scheveningen, naar Wassenaarse Slag en terug. Regenjas om de schouder gehangen als een 'vliegend god', liedjes zingend van Herman Gorter. Bette zit op kantoor of in haar appartement achter glas. Jaren later gaan we samen. Lichtelijk voorovergebogen tegen de wind, zij in lange jas, een doek om het haar. Het raadsel van het sprekend zwijgen. De verstaanbaarheid van het gevoel. De verte is oneindig. De zee is een schilderij van Turner, laaiend licht, bezeten, eeuwig anders.

Over kolonies

Bette houdt van Frankrijk. Hartstocht is een deugd, maar niet altijd. Jeanne d'Arc, een paradoxaal idool. Het is 1954. Franse soldaten worden onverwacht door de Vietcong in de val gelokt bij Dien Bien Phoe, een stadje diep in de binnenlanden van Vietnam. Wat sluw om kanonnen in onderdelen op de fiets door het oerwoud te verslepen, onder beschutting van het tropenbos en op de berghellingen te installeren om het stadje beneden in het dal met granaten te beschieten. Het is spannend, een film lijkt het, de guerrilla die ze voeren tegen het Franse leger, dat verslagen naar het moederland terugkeert. Langzaam begin ik het beter te begrijpen, ook de moeilijke woorden die ze gebruiken. Het gesprek in de huiskamer wordt heftiger, luider, het houdt niet meer op, duurt tot diep in de nacht.

Bette doet de afwas, ruimt op, zet thee en haalt chocolaatjes, koekjes of cake te voorschijn en snijdt er dunne plakjes van. Ze is niet uit op controverse, ten slotte is zij op bezoek, te gast. Meestal pakt ze een breiwerk en gaat zitten, een beetje achteraf in een hoekje van de woonkamer. Ze houdt zich stil. Maar toch, altijd is er wel iets dat de broze stilte verstoort. De radio staat aan. Op het hele uur is er het nieuws. De gesprekken beginnen vragenderwijs, informerend, grappend soms en terloops, tussen het thee drinken door, het opruimen van het servies. Ze worden intens, schrijnend ook wanneer stiltes vallen en naar woorden wordt gezocht die het gesprek terug leiden naar de thee, het bezoek aan de dierentuin, de vroege krokussen in de tuin. Soms werkt het, haar glimlach om de lieve vrede, haar geruisloze gesprekstoon. Natuurlijk is de huiselijke sfeer niet altijd gespannen, het dispuut venijnig. De vogeltjes in de tuin krijgen hun broodkruimels als het tafelkleed wordt uitgeschud. Op verjaardagen worden gebakjes, mokkataartjes gegeten. Bette brengt elke zaterdag wel wat lekkers mee uit de stad, aardbeien, slagroom of kersen, chocolaatjes. Elke zaterdag doet ze ook de kleintjes in bad en dat alleen al geeft geschater, gelach, gehuil en ten slotte stille kinderen in pyjama. Soms laait de heftigheid weer op als heeft de boosdoener zich even gewacht. Soms ben ik nog niet naar bed en luister mee vanaf de zitbank in de andere kamer, waar niemand me heeft opgemerkt. Of, ik kan de opwinding in mijn bed horen. Ik zet de deur op een kier, probeer de stemmen op te vangen, argumenten te horen, stiltes te begrijpen. Wat zegt Bette? Wat gebeurt er als ik de deur in het slot hoor vallen, zij naar huis rijdt op de fiets door de stille straten? Is het alleen maar een gesprek, een intellectuele schermutseling, het afblazen van stoom? De volgende dag is er niets te merken, is mijn moeder aan de afwas, ga ik naar school en fietst Bette naar kantoor zoals mijn vader weer voor de klas staat. Het gebeurt, de Russen vallen Hongarije binnen. Plots sta ik tussen hoge paardenbillen van de bereden politie, die het kantoor van de communistische krant 'de Waarheid' moet beschermen tegen vandalen.'s Avonds valt in de huiskamer een doodse stilte. Verwarring, angst, ontzetting? Is er nog sprake van geborgenheid, die Bette zoekt? Of is het gewoonte die haar elke week naar het huis van mijn ouders brengt? Het gezin begint ook haar gezin te worden. Bette kan het niet missen, de kinderen kunnen niet meer zonder haar. Ze houdt zich in, glimlacht voor zich uit, praat over vakantie. Ondergronds graaft een mol, de blinde mol van het onbegrip.

De mensen zijn communist of niet-communist. Ook in dit land. De mensen wonen in het Oostblok of in het Westen. Midden-Europa verdwijnt. Esten en Tsjechen en Polen en Oekraïners, zij bestaan niet meer. Het zijn communisten. In het westen wonen niet-communisten. Belgen en Denen, Fransen en Hollanders zijn de nieuwe Amerikanen van Europa. West-Europa, zegt men wel, is de 53-ste Staat van Amerika. De mensen kopen wasmachines, plastic bezems, nylon kousen en overhemden, magazines en soms al een koffiezetapparaat. De schouwburg blijft op maat, het toneelgezelschap traditioneel, rijdt in een bus de provincie door. Met Nieuwjaar is er Joost van den Vondel, de Gijsbrecht van Amstel wordt gespeeld. Revolutie preekt men nu niet langer. Kleine theaters zijn theatertjes. De bioscoop wordt populair, de stomme film verdwijnt van het doek zoals ook de pianist in de pauze. Dan staat de hal vol sigarettenrook. Patates frites haalt men bij een fritestent op het plein. Op het Binnenhof spreekt men gedragen en deftig parlementaire taal. Straattaal is buiten de achterbuurt onbekend. In het café zitten mannen, rokende en drinkende mannen. Vrouwen zitten thuis. Zij verliezen, als ze trouwen, hun baan bij de overheid en het onderwijs (tot 1955). Alles blijft op orde. De oude, gevestigde orde van kerk en staat, van gezin en familie, van man en vrouw, van verzuilde school. De achttien doden van de oorlogsdichter Campert raken in het vergeetboek. Het klinkt atonaal in de poëzie, maar de ouderwetse droom viert nog hoogtij met Achterberg. De vijftigers hebben ironisch een keizer aan het roer gezet, de dichterschilder Lucebert. Het schildersdoek is wit, de COBRA- beweging begint vanaf nul met felle verven. Het experiment is atoomproef in handen van de politiek. Schilders vertrekken, schrijvers gaan op reis. Het land versombert. De politiek verstijft. Het glimpje hoop heet Europa, dat geen oorlog meer wil en begint met de oprichting van de Europese Kolen en Staal Gemeenschap (EGKS), een geniale gedachte om de oorlogsindustrie van ijzer en staal en steenkool van de twee erfvijanden Frankrijk en Duitsland onder een gezamenlijke, supranationale Hoge Autoriteit te brengen. De gewone burger heeft er nauwelijks benul van. Misschien merkt de Nederlander meer van de vorming van de Benelux, een douane-unie met België en Luxemburg, de voorloper van de Europese Economische Gemeenschap.

Uit de cocon

Dit zijn de lange jaren van mijn opvoeding, vroomheid en toewijding, een katholieke waaier die zich opent alsof geruisloos een alomvattende wind opsteekt, onzichtbaar maar resoluut aangeblazen door de Heilige Geest, die me sinds mijn doopsel, later in korte broek en wit overhemd voortjaagt naar de heilige communie en het heilig vormsel en me aanspoort tot veelvuldig kerkbezoek en katholieke schoolgang, eerst nog samen met katholieke meisjes uit de buurt en later bij de paters Jezuïeten uitsluitend en alleen nog met jongens, die net als ik vaandelzwaaiend ingelijfd worden bij het leger van de heilige Maria en van de misdienaars en herhaald naar de heilige mis en de biecht worden geleid, totdat ik op een dag ontwaak, zomaar en zonder overpeinzing, plotseling bevrijd en vrij van geest uit het raam kijk naar de blauwe hemel achter de zwaaiende takken van de zware iep en besef dat mij deze wolk van katholieke heiligheid benauwt en dat al dit vrooms en heilig schoons, ondanks mijn jongensgebreken als geringe sportiviteit en grote braafheid alsmede mijn liefde voor de kunst van het goochelen en het maken van groot misbaar bij onrecht mij aangedaan, toch eigenlijk niets voor mij is, ik er gewoon niet het goede, geschikte, meegaande karakter en waarschijnlijk ook niet de juiste instelling voor heb en dat ik gewoon veel meer van de aarde houd, van de ingegraven landmijn in de tuin, de kleine beestjes op de stoeptegels, de jongensboeken en de stripverhalen in de krant, van het meisje in de straat achter ons, van voetballen en hard fietsen op straat, van de experimentele gedichten van Lucebert en Schierbeek, hoeveel plezier ik er ook in schep om alle godsbewijzen uit het hoofd te kennen, ondanks het Jezuïtisch verbod de eerste moskee in de stad te bezoeken en jaren later aan de universiteit soms nog steeds druk doende ben om op rationele wijze de omslag in mijn denken en gemoed te verklaren, maar geen ander gevoel er aan over houd dan dat ik na de afwas mijn te kleine rubber handschoenen probeer af te doen, terwijl mijn vingers er bijna niet uit te trekken zijn, misschien een sensatie zoals een vlinder voelt wanneer hij zich uit zijn cocon te voorschijn tovert al is het maar voor een kort leven dat ook mij nu in het licht der eeuwigheid na deze omslag beschoren lijkt. Deze merkwaardige donderslag bij hemel en de lange echo erna, hebben niets met Bette te maken, staan geheel los van wie zij is en wat ze zegt, is geheel buiten haar om tot ontlading gekomen en misschien ook in die tijd niet door haar gehoord, maar heeft in de voorafgaande flits het terrein geheel verlicht en open gegooid waarop wij elkaar zullen vinden en elkaar zullen vergezellen in vriendschap, in een onafgebroken dialoog over het bestaan. In de verte wenkt Epicurus met zijn aardse filosofie en geeft dichterbij gekomen mij zijn hark en schop. Ik kan aan de slag, het heidens werk roept en kan nu echt beginnen. Ik zie dat Bette al jaren lang werkt in zijn tuin, de Tuin van Epicurus.

Elk huis heeft een brievenbus, elke wijk een postkantoor, maar de wijkagent zit al achter zijn bureau en vult met de hand steeds grotere formulieren in. Onder de stoep ligt sinds kort na de oorlog een telefoonkabel. Het telefoonverkeer is zakelijk, totdat de PTT de pratende, bellende huisvrouw ontdekt. Dat brengt geld in het laatje. De communicatie wordt intensief, de individuele isolatie neemt toe. Men hoeft zijn huis nu minder vaak uit. In voorsteden groeit de eenzaamheid, kijkt de sherry drinkende huisvrouw uit het raam. Dan wordt de stoep weer opgebroken, nu voor de aanleg van de TV-kabel. De antennes op dak verdwijnen. Iedereen koopt een kastje. Einde eenzaamheid? De melkboer, de bakker en de kruidenier vechten om te overleven. Hun winkeltje is knus, vertrouwd en persoonlijk. Maar op de hoek wordt de eerste supermarkt gebouwd. De huisvrouw is nog bedeesd, maar het went al gauw, dat ze met eigen hand haar groenten, fruit, kaas en eieren uitzoekt. Ze krijgt meer vrije tijd, hoeft nog maar één keer per week de boodschappen te halen. Iemand roept dat ze wel kan bijverdienen, een paar dagen per week. Elk stukje vaderlandse grond krijgt een bestemming, een eigen kleur of arcering op de kaart. De landmeter is een machtig, Kafka beroep, uitgeoefend tot in alle hoeken en gaten. Het land verandert in een plan, het wordt een schaakbord van de overheid. De stad ligt verborgen onder een verfijnd raster van planologen en stedenbouwkundigen. Natuur wordt terug gedrongen, schaars en vreemd voor de stedeling. Schapen verdwijnen van het heideveld, koeien en varkens gaan op stal, kippen worden verzameld in een reuzen ren, de voorloper van de megastal voor varkens of koeien. De mensen heten voortaan forens, recreant, consument, toerist of reiziger. De boer wordt schoorvoetend en min of meer gedwongen natuurbeheerder of zo genoemd, de burgermeester willens en wetens projectontwikkelaar. Het land is in de greep van het vastgoed, de magnaat zingt: ' The sky is the limit.' Steeds vaker hoort men praten over Brussel en bedoelt dat regels en wetten van de Europese Economische Gemeenschap van toepassing raken op het dagelijks leven. Men foetert over de bemoeizucht en de kostbare ambtenarij. Liever maakt men zelf wel uit of het deugt, het speelgoed, de luiers, de schoenen of klompen. Het naoorlogs idealisme over een nieuw Europa begint te verbleken.

Wat is dat? Aan Bette denken, met haar praten, thee drinken. Wat doet het? Samen wandelen, zitten, zwijgen. Wat is dat? Wie zal zeggen wie ze is? Wie zal zij zeggen wie ze is? Bette is aanwezigheid ook als ze zwijgt. Is ze een voorbeeld? Heeft ze ooit een voorbeeld willen zijn? Zij is een zelfstandige vrouw, vindt haar wezen in menselijk contact. Wat na blijft, is het spoor. Haar spoor als teken dat verwijst. Signaal. Vuurpijl. Herinnering. Oorsprong.

Een absurde opgave

Bette beschrijven als verschijning, als mens, zeker, dat is mogelijk, maar uitvoerbaar ook? De ruitjesjurk die ze graag draagt, steeds een ander, maar telkens ruitjes. Het opgestoken haar, de blauwe ogen, de beschaafde stem, de glimlach, een portretfoto van zichzelf zonder ochtendhumeur of chagrijn. De schoenen altijd molières die zo gemakkelijk zitten, hoe graag Bette ook danspasjes maakt als niemand kijkt. De nylonkousen en lange regenjas alsof ze dagelijks vervelt en er geen genoeg van krijgt. De fiets waarop ze rijdt ook als ze volslagen stil staat, een moment van pure evenwichtskunst, het koord onder de voeten van de acrobaat hoog in de lucht. Hoe ze opstapt vanaf de stoep, wacht tot het verkeer voorbij is geraasd en in de leegte voor eeuwig weg rijdt op de fiets zonder om te zien. De Franse taal, die ze heeft bestudeerd en die ik haar zelden hoor spreken. En nog meer dat haar nauwelijks van anderen onderscheidt. Een mens, geen heilige, geen krokodil, een meisje eigenlijk steeds. Ook haar karakter, het koppige en het genereuze, bijna koppig genereus. Goed – ook als het een ode wordt alsof ze elke dag uitsluitend de deugd ontmoet. Het intellectuele, de boeken en de kranten die ze leest, de schrijvers die de lei van de tijd vol schrijven. Het feest van de uitstapjes, de bezoekjes aan musea en concerten, haast in cognito. Ze duikelt door het heelal, een meteoor, een lichtstreep. En nog steeds ontbreekt het, ontglipt ze aan mijn pen. Ik kies een model, een vlinder, een molen, een fiets, een filosoof. Epicurus, de Griekse wijsgeer van het rationeel hedonisme, de aardse vreugde, zo graag vals neergezet en aangehaald. De filosoof van het gezond verstand. Ineens kijk ik meer dan tweeduizend jaar terug. Lees ik van geschriften die zijn teruggevonden in villa's onder vulkaanas, in Pompeï. Het plaatst Bette terug in de tijd, in een lange traditie, kenschetst haar levensstijl. Hark en schop, schoffel en onkruid. De geur van pittig, nat gras, dat smeult en rookt. Ik werp me op als tussenpersoon – met pen, potlood, geheugen - terwijl zij haar eigen handschrift is. Maar, zeg me, hoe verschijnt Bette, die haar eigen persoon verhult, wegcijfert. Een vogel in een wolk. Hoe wordt ze zichtbaar – als ze niet beweegt, de wind niet door de haren strijkt. Niet de plaats, de plek verklaart haar nader, maar de tijd waarin zij leeft. En meer nog, andersom - hoe zij de tijd modelleert, filtert, zeeft, doorleeft en terug geeft. Hoe de tijd in haar gestalte aanneemt, in de gesprekken die ze voert, in het grote debat over de macht, de verwording van de macht. Het gesproken woord is vluchtig, een brief geeft meer houvast. Het is een absurde opgave haar persoonlijkheid te willen doorgronden. Alsof naar substantie wordt gezocht, een alchemistisch geheim ontraadseld moet. Zij is passage van de tijdgeest, doorgang, stofwisseling. Bette is als een sluis in een kanaal. Voor een moment laat ze het water binnen, houdt het vast, vereffent het hoogteverschil en laat het water door. Ze draagt de absurde eeuw over de hoogte heen.

Een contrapunt

Bette hoort het. Boven het gerommel en gestommel van alledag uit. Het dringt door de naden van de dag, door de kieren van de nacht. Het verdwijnt maar komt weer terug. Soms zwelt het aan, breekt het even door. Natuurlijk, somberheid, het eeuwig politieke gesprek, die uitzichtloze strijd om de waarheid voeren de boventoon in al die jaren na de oorlog. Het is waar. Men eet eenmaal in de week een visje en op zondag een zacht gekookt ei. Men viert zijn verjaardag met een glaasje ranja en gebakjes als de bezoeker het treft. Eenmaal in het jaar gaat de vlag uit voor de koningin - als er een voorradig is - eenmaal per jaar komt het kerstkonijn of een ander zielig beest op tafel. In de herfst harkt men een miezerig hoopje vergeeld gras bijeen en stookt een vuurtje in de tuin. Begin december rijdt Sinterklaas over het dak en met Oudjaar wacht men verveeld op de slag van twaalf. In de vrieskou schaatst men op de bevroren vijver in het park of over sloten tussen de weilanden, warmt men de vrieshanden bij koek en zopie. Harry Mulisch schrijft voor altijd over de oorlog, zijn oorlog, de oorlog die hij is, zoals hij zelf vaak herhaalt. W.F. Hermans vindt in vriend Bijkaart zijn cerebrale uitlaatklep voor al zijn scherpzinnigheid en venijn, Gerard Reve sombert onvermoeibaar humoristisch voor zich uit tot hij de moeder gods ontdekt. De troosteres van de troosteloosheid. Maar buiten het grijze gezichtsveld van alledag laat de orensnijder, tulpensnijder Paul Rodenko een ander geluid horen. Hij is de dichter, essayist die stem geeft aan de nieuwe tijd, wanneer de vrede uitbreekt. Hij organiseert het defilé van de nieuwe dichters, hij gooit soms water over hun verhitte kop en haalt de nieuwe poëzie, alle dichterlijke bagage vakkundig overhoop. Niets laat hij onaangeroerd. De ratio en de techniek, het landschap en het licht, de mythe en de oorlog, de stem en de stilte, het metrum en het ritme, de roes, de razernij en de bezetenheid, de droom en het experiment, het gebrabbel, gehakkel en de ode, de hymne en de kleingeestigheid, de natuur, het stilleven en de dood, de eeuwige dood en de herleving, de ongerijmdheid en het verborgen rijm, er komt geen eind aan dit dichterlijk gebed. Hij danst met hoog geheven knieën door de wereld van het woord alsof het land verdrinkt, hij roept tot de orde, bazuint rond en luistert nog intens. Er is het experiment en de explosie, de vitaliteit en de absurditeit. Rodenko opent de vensters, laat de giraffen reikhalzend door de ramen naar binnen kijken, laat de kangoeroes springen door het heelal, trompettert de robots uit hun harnas. Of zoals hij dicht : ik ben uw klok/ik ben uw tijd. Hij schudt de burger ongenadig door elkaar, scheurt hem los uit zijn verstarring, trekt hem de helm van het hoofd, snijdt de nonsens weg, vilt de dikhuidige politicus. Ontwaak en leef en dicht. Geroezemoes, geraaskal denkt de burger nog. Geklets vanaf de zijlijn. Hij hoest nog eens extra luidruchtig en wimpelt alle kritiek voortvarend af. Verspilling van belastinggeld en energie. Maar het is een nieuw muziekje, een nieuw melodietje, zacht, aanhoudend geneurie, het deuntje dat het hoofd niet meer verlaat. Het zijn sprankjes hoop. Kruid dat weer bloeit. Het experiment, een beetje laat, maar toch. Een nieuw elan, al is het hijgend achter de Europese dichtkunst aan. Het is het jonge hert dat uit het riet te voorschijn springt, zijn weg kiest, onnavolgbaar. Een nieuw geluid – en ook dat houdt nooit meer op, onverwoestbaar als het is. Het is het contrapunt van de maatschappelijke somberheid, van de troosteloosheid, van de melancholische gehechtheid aan misère, aan het klein verdriet. Bette hoort het wel, Bette is niet hardhorend, Bette is niet doof.

Sneller dan de wind

Beneden aan de overkant van het binnenplaatsje met de bloempotten sluipt een witte poes over oranje pannen van het dak, soepel, zorgvuldig, behoedzaam. Ze springt van het ene dak op het ander, lager liggend dak en beweegt langs de dakgoot, drie dakpannen hoger zodat ze niet bij het uitglijden direct omlaag tuimelt op het platje, waar een waslijn is gespannen, broeken en hemden te drogen hangen. Ze neemt alle tijd van de wereld, dakpan voor dakpan gaat ze, klimt plotseling wat omhoog, twee, drie dakpannen tot ze de schoorsteen bereikt, waarachter ze verdwijnt. Ze ligt vermoedelijk al minuten lang in de schaduw van de schoorsteen, een vast plekje halverwege de middag. Tevreden, soezend, spinnend, schijnbaar ongezien. Ik heb Bette nooit met een poes gezien. Misschien is ze allergisch, bang zal ze niet zijn ook al zou de kat de kleur van de nacht hebben, bijgeloof is niet aan haar besteed. Het kan zijn dat ze het voor een dier te eenzaam vindt op haar flat, omdat ze overdag niet thuis kan zijn. Een poes zou tussen de planten in de vensterbank achter het grote raam niet misstaan. Vóór het donker laat ze aan een lange lijn haar nieuwe lieveling uit, maakt een praatje met de buurvrouw om vliegensvlug, bijna springend naar boven te klimmen, beetje buiten adem, de poes spinnend naar binnen glippend op weg naar het raamkozijn, terwijl zij in het gangetje het koord oprolt en aan de haak naast de voordeur hangt. Nee, Bette heeft niets met poezen, deelt wel hun snelheid en hun rust.

Ze weet het, de tijd versnelt, haast zich. Dankzij de auto, de trein, het vliegtuig, de raket vliegt de tijd. Het gewone leven raakt in een opkomende werveling, dolt, draait en stuift voorbij. De stof bestaat uit deeltjes, maar vaker nog uit golfjes. Alles is onderweg, van A naar B en verder, weer terug naar A tot niemand meer weet of we hier al eerder waren of alleen in onze droom. We raken in versnelling, houden onze adem in en weg zijn we of al weer terug. Maar, niemand kan tegen haar op. Ze snelt over de stoep, de zebra, door het warenhuis, de trap op, naar het balkon, de ramen sluitend, naar buiten op de fiets, de duinen door, het zandpad af, het rulle zand over, naar de vloedlijn - waar het stopt, de zee begint, het grote slurpen van de zee, golf na golf, onstuimig hoog en schuimend, stuklopend op het strand. Haar vliegende benen, haar vlugge voeten, haar dromen en haar plichten, ze ruisen af en aan, ze springen en stormen voorbij, vliegen voort zoals de overdrijvende wolken door de wind gejaagd naar nergens. Sneller gaan haar voeten dan de wind, sneller haar gedachten, altijd onderweg zoals de vogels in hun vlucht of in het laat seizoen op trektocht naar de verte en altijd weer zo rustig en kalm, zo verzekerd van de richting, de koers, de vleugelslag, de vaste formatie, de nieuwe rustplaats ver van de kou. Ze is Esschers schilderij.

Bette brengt de dingen in beweging, zwengelt de motor aan, lanceert het leven als een pijl, die in al zijn snelheid stil hangt, onbeweeglijk stil te midden van de razernij der atomen, de ongehoorde explosies, de onwaarschijnlijke en de waarschijnlijke botsingen, die in kracht elkaar opheffen en in volmaakte stilstand even zweven gaan, een absolute stilstand bereiken. Gemoedsrust in de onuitsprekelijke werveling der dingen. Vlugge voeten die haar in balans optillen, doen zweven, raken aan de ataraxie, de onverstoorbaarheid, die ze uitstraalt in de vlugheid van haar bewegen, de silhouet van haar gedaante, de schaduw van kalmte die ze als een mantel over de onrust van de wereld werpt. Het is waar, niet de tijd, versnelt, maar ze vertraagt wat levend is; het leven van alledag wordt langzaam, heel langzaam van zijn huid ontdaan. Terwijl de tijd langzaam indommelt, weg soest, gaat het leven als een schietspoel door het heelal. Hoe vlug Bette zich ook voortbeweegt, langs raast, ze straalt de rust uit, de harmonie, die het zeldzaam moment van evenwicht is, waarin de explosies van energie uitmonden. Stil zittend op het puntje van de bank, valt zij schijnbaar rusteloos samen met haar schaduw.

Verdelende rechtvaardigheid

Ze is strikt. Ze kan streng zijn. Een blik is al voldoende. Een dirigent zonder stokje. Zelfs de vlinders, de vogels, luisteren, vouwen hun vleugels, strijken neer, op een bloem, een tak, haar uitgestoken hand. Geen vogel heeft het lef, geen vlinder durft te fladderen. Nog net niet is het : 'zon sta stil.' Het scheelt niet veel. Ze glimlacht om de gedachte. Tegen het verkeer inrijden, zo lijkt ze te zeggen, is niet bepaald slim. De taxichauffeur die mij zo door de tunnel rijdt in Istanbul, houdt tenminste nog zijn hand op de claxon. Verstandig, knikt ze. Bloemen vergeten ook niet te drinken als het regent. Het regent niet, zeg ik. Het regent niet voor niets, hoewel er geen reden voor is, reageert ze. Muizen en ratten eten gif als je het in de keuken strooit. Denk je, dat ze de keuken verwarren met eten? Ja, het is hedonisme, maar in de verkeerde zin. Niet van de strooier, toch? Nee, want strooien is anders dan verdelen. Een hedonist verdeelt, maar strooit niet. Vraag het Epicurus. Als je op een dag een dooie muis op de keukenvloer vindt, heb je dan goed gehandeld? Gestrooid of verdeeld? Het is moeilijk te zeggen. Beter is het om het beestje te ruimen.

Jaloezie is een kwaal. Soms is een ingreep nodig omwille van het recht, de balans. Bette heeft een sterk gevoel voor rechtvaardigheid, voor verhoudingen, de gulden snede. Dat de meeste mensen arm zijn, anderen buitensporig rijk. Dat het moederland een kolonie heeft, mensen uitbuit. Dat mensen in opstand komen tegen onrecht, worden dood geschoten. Het strijdt met rechtvaardigheid. Het woord rechtvaardig staat voor eerlijk en oprecht, voor billijk en verdiend, voor strikt en verantwoord. Bette heeft een feilloos kompas, voelt direct aan waar het schort. Wie tekort gedaan wordt of wie over bedeeld.

Van haar levenswijze gaat een grote kracht uit, de kracht van een rechtvaardige. Ze is bevlogen maar in stilte, haar oog scherp en speurend. Ze ziet en voorziet in wat de ander ontbreekt. Bette, een onzichtbare hand. Ze maakt, koopt, stuurt cadeaus, geschenken, wanten, sokken, truien, een fiets, boeken, entreekaartjes, een reproductie van een schilderij. Niet in overvloed, maar naar verlangen en tekort. Grenzen en regels behoren tot de onzichtbare orde van de dingen, het bestaan, het klokwerk van de tijd. Ze is doelmatig en efficiënt. Met verstand te werk gaan, zegt ze. Verstand dat meet en regelt, snoeit en stekt. Je rijdt, zwemt, loopt, springt, maar niet harder, verder dan je kunt. Het verstand is de ingebouwde tachometer. Altijd weer gaat het om maatvoering. Het te grote ego krijgt vanzelf butsen. Het geschenk, hoopt ze, maakt vrij. Het opent de weg voor contact, gesprek, begrip, voor vriendschap. Het is meer dan het ding in kwestie - halsketting, ring, voetbalschoenen of batterijen voor het radiootje. Geven is een existentieel ogenblik, meer waard soms dan een kus.

Bette rijdt geen Chevrolet, geen Saab, gewoon een fiets. Het gouden kalf, hoe het ook glimt en glanst, aanbidt ze niet, het is gewoon te groot voor haar balkonnetje. Wie het geluk smaakt van overvloed, opent zijn ogen voor rechtvaardigheid. Niet rijkdom vindt ze verwerpelijk, integendeel, maar de schrijnende ongelijkheid. Niet het groot bezit, maar gulheid is te prijzen. Ze huldigt de Mecenas, hoeveel kunstenaars danken hem niet hun bestaan. Delen is geen deugd, maar rationeel gedrag zoals Epicurus weet. Bette draagt geen make-up, geen oorbellen, heel soms een zilveren broche die ze heeft geërfd. Ze dost zich uit noch doft zich op. Glitter past bij sterren, Bette is een planeet. Nooit zie ik haar in de spiegel kijken alsof ze haar eigen beeld steeds schuwt. Hoogstens spiegelt ze zich aan de schilderkunst, maar ook een zelfportret heeft ze niet laten maken. Daarvoor is ze niet ijdel, niet ijdel genoeg. Nooit vraagt ze hoe ik haar jurk vind, haar schoenen of haar leren tas. Ze draagt zelden een hoed. Ook daarvoor kan ik haar niet complimenteren. Bette is geen modinette, geen etalagepop, geen diva, maar een intellectuele vrouw met een lachje om de mond.

Stelen is verboden. Dat weet je. Dieven bestaan niet. Ja, er zijn mensen die stelen. Dat gebeurt. Dieven komen in de nacht. Ongezien. Dieven bestaan niet, zei ik toch? Goed, fietsendieven. Vandaar het slot op je fiets. Wij hebben niet veel, wij worden verwend. Altijd vragen we: wat heb je bij je, tante? We krijgen cadeautjes. Dan hoeven we niet te stelen. Cadeautjes zijn goed tegen het stelen, niet tegen jaloezie. Jaloezie is verboden, maar hardnekkig. Bette kan het niet helpen. We leren het nog wel.

Een knotje wol

Bette knuffelt niet, haalt me niet aan, strijkt niet wild door mijn haar. We stoeien niet. Ik ga alleen in bad, ze brengt zeep en handdoek. Ze verkleedt zich niet in mijn aanwezigheid. Ik zie haar niet in onderjurk of naakt, zo min als ik mijn moeder naakt in bad aanschouw. Heel soms hebben we contact langs een dunne draad wanneer ik met gespreide armen voor haar de knot wol ophoudt, die zij ritmisch oprolt tot een bol. Ik trek en zij trekt terug. We onderzoeken hoe ver we kunnen gaan. Hoeveel kracht ze uit haar lichaam geeft, ik van haar neem en andersom. En of de draad strakker kan of dat ze breekt. Ze breit een trui, een vest en meet het aan mijn lijf. Het mooist blijft het moment dat het breiwerk per ongeluk kringelend van de breipen glijdt. Einde van het spel, het voorzichtig stoeien toch? Even zie ik de verwarring op haar gezicht. De trui moet af. Morgen gaat ze naar de Haagse schouwburg. Ze zit in de zaal, kijkt rond en wacht. Ze leest het programma, dat ze bij de ingang van de zaal krijgt uitgereikt. De spanning stijgt, het doek gaat op, Bette verdwijnt van de aardbodem. Uren hoor je haar niet. Alsof haar wildheid ontwaakt en wordt getemd. Als het doek valt, veert ze op, applaudisseert. Een enkele keer ben ik figurant bij de Haagse Comedie. Achter het toneel wordt schaak gespeeld, een knorrige toneelspeler neemt een stevige neut en mompelt onverstaanbaar voor zich uit. De regisseur maant tot stilte achter de coulissen, de spelers raken anders van de wijs. In de vloer van het toneel zit een luik. Straks zal het open vliegen en de verrader tevoorschijn springen. Dit keer is het dicht getimmerd – een grap van een collega. Ik hoor de bons van het hoofd, de vloek uit de mond. Bette lacht om het verhaal. Toneel is soms zo platvloers als het leven buiten. Bette spuugt niet op de grond, praat alledaagse woorden, tiert nooit dat ik het hoor. Na de toneel voorstelling rijdt ze naar huis. Wanneer ze het slot van de voordeur omdraait, haar jas heeft opgehangen, de schemerlamp heeft aangeknipt, leest ze in Vasalis' gedicht 'De dwaas in bad.' Hij was niet alleen, denkt ze en doet de lampen uit.

Wonen in een schilderij

Soms zijn de ruiten beslagen. Achter het waas is de wereld onzichtbaar, heeft geen vorm. De tijd bestaat niet. Het eerste licht laat zich slechts vermoeden. Altijd vraag ik me af hoe het komt, dat het glas beslaat. Is het buiten warm of kouder dan binnenshuis. Het is winter, voorjaar bijna. Het heeft gevroren, begint te dooien of het heeft geregend. Ik weet het niet, Bette evenmin. Wanneer de ruiten beslagen zijn, denk ik aan Bette. Er is verandering op til. Ze staat aan de andere kant van het raam, dat in een handomdraai kan worden open gezet. De wasem glijdt weg in druppels, trekt baantjes, verdwijnt. Het zicht wordt helder. Bette blijft Bette achter glas, Ze houdt van de koele lucht die haar huis in de ochtend binnen stroomt. Haar woonkamer is een schilderij van tafels en stoelen, een zitbank, een kast met grammofoon, een schoorsteen, bloemen in een vaas, een berberkleed op de parketvloer, boeken in een wandkast, een theeservies op tafel, een pentekening van een hooiberg aan de muur. In het licht vindt het appartement zijn vorm. Bette woont in een schilderij.

Bonnard, een Franse schilder, denkt de laatste jaren van zijn leven altijd aan Marthe, zijn vrouw. Het zijn ook háár laatste levensdagen. Dag na dag schildert hij haar in de tegelbadkamer, als naakt in bad. Licht stijgt op van het doek, wit, geel blauw, roze, lila in vlakken, tegels, stippen, vloerwand en raam. Spetterend, weerkaatsend en weerkaatst licht. Brekend licht, vervagend in een waas. Marthe in bad. Marthe in de badkamer met blauwe tegelvloer. Een hoekig lichaam, stijve benen, een roze, blauw lijf in bad, in een badkamer van tegels, van licht. Marthe badend in een glans van licht dat onzichtbaar naar binnen glipt. Water als licht en lens, lucht als lens en licht, de tegelvloer van licht, Marthes haren van licht. Licht zonder oorsprong, het geheim van het heelal. Niet langer de dingen, de objecten, belicht, maar het spetterend licht, glanzend, zelf. De dingen overgaand in energie. Het licht van binnenuit. De wereld als in een waas. Bette.

Ahum….Franse kaas

Het Franse platteland, de campagne, behoudt zijn bekoring. Het leeft van de traditie, koestert het eeuwenoude landschap met zijn kerkjes en oude bomen, brengt eigen producten en voedsel op tafel. Bette houdt van de stad, de metropool en kent het land. 'Paris et le désert,' goed, maar alleen voor de Parijzenaar, zegt Bette. Als in Holland de sneeuw de polders bedekt, komt ze de winterfeestdagen vieren. Er worden kleurige lampjes opgehangen, er wordt gezongen van het Kerstkind en wild gegeten, haas, konijn, fazant of eend al dan niet met tegenzin. Aan het slot wordt de lange tafel afgeruimd. Het gebruikt servies wordt in de keuken gestapeld, het bestek verdwijnt luid hoorbaar in de afwasbak. Bette komt binnen, zet een grote schaal op tafel. Ze maakt de witte wikkels met Frans opschrift los, opent de ronde, gele doosjes en scheurt het papier van het verpakte, krakerige toast. Daar ligt de camembert rond, de brie driehoekig lang, de port bleu bol, de monchou vierkant, de dikke bresse bleu op de grote schaal en geurt en dampt en dringt het reukorgaan binnen. En met de minuut, de stijging van de kamertemperatuur wordt de geur van de Franse kazen, zo mooi opgediend en geserveerd, krachtiger, indringender, resoluut en karaktervol, absoluut. Nieuwe namen stijgen op uit de verwarrende geuren: stinkkaas, zweetkaas, schimmelkaas. In grotten, donkere kelders heeft de schimmel zich gezet, komt de kaas tot leven, krioelen bacteriën zich een weg in een natuurlijk bereidingsproces, dat geheim blijft en zich alleen verraadt in de uitgesproken smaak op de tong. Op tafel smelt de camembert en de brie uit zijn papieren jasje, kruipt volslank en lijzig over het uitgevouwen huidje als wil het zelf de smaakpapillen betasten, geurig zich een wegje banen naar de gretige smulpaap van deze Franse delicatessen afkomstig van het boerenland. Na de eerste schrik, betovering, achterdocht of voorzichtige aftasting met vinger en tong, is de rage compleet, de aanval niet meer te stuiten, moet het restant van de uitgestalde kaasjes met hand en tand verdedigd worden, is de tijd van de verdelende rechtvaardigheid met het grote mes aangebroken. Wie nog een stukje wil, moet de hand opsteken, wordt verplicht tot het nemen van een toastje alvorens het mes komt aangevlogen met nog een laatste, allerlaatste wrijfsel, kleefsel van de smeltzachte kaas. De smaak, zo onmiskenbaar eigen, op de tong en tegen het verhemelte is zuivere natuur, bedacht en bewerkt door mensenhand, door de eeuwen heen getest oneindig vaak.

In 1952 komt het tot een breuk in de vriendschap tussen de bekende schrijvers Camus en Sartre, protagonisten van links, van het politiek debat in Frankrijk. Ze bewegen zich politiek en filosofisch van elkaar af. Sartre tijdelijk richting (partij) communisme, Camus er voorgoed van weg. Politiek en moraal wegen ze verschillend. Dekolonisatie is de lakmoesproef. Waarheid en politieke keuze drijven beiden uiteen. De vriendschap eindigt definitief. Dat is het gevaar van politiek engagement. Bette weet het, voorvoelt het, hoedt zich. Zij werkt in de tuin van Epicurus. Maar ook haar blijft niets bespaard.

Ze kijkt op de Friese klok

Wat gebeurt er, als er weinig gebeurt? Houdt ze de vraag op afstand, pakt ze de tijd bij de lurven en schudt eraan zonder resultaat? Hoort ze in de stille kamer haar hart bonzen, hoort ze de onrust grommen? Zoekt ze woorden en neemt haar vulpen, begint te schrijven, een brief te kalligraferen in haar regelmatig handschrift – om de gluiperige tijd te grijpen en te bedwingen? Met aandacht schrijft ze, bijna nooit gehaast maar alsof ze wandelt, stevig door stapt. De pen beklimt bergen en dalen, de hand heeft een schrift van eigen karakters. Er is geen TV, wel radio, die haar huis tot leven brengt. Maar ook muziek, niet zelf gekozen, kan het oor niet elke avond verdragen. Als ik bij haar ben, hoor ik klassieke muziek, geen jazz, een gospel song, een chanson. Meestal op de achtergrond van het gesprek.

Ze zoekt in de krant naar de toneeluitvoeringen, naar balletvoorstellingen en schrijft de data in haar notitieboekje of knipt de kunstagenda uit. Morgen is het zover, morgen zal ze bellen, een toegangskaartje reserveren. Bette kijkt op de klok, de Friese klok aan de muur. Ze is alleen met de klok. De klok tikt, tikt zonder dat het haar nog opvalt, geluidloos tikkend, een twee, een twee. Aan het eind van de avond, windt ze de klok op. De klokt ratelt, wanneer ze de gewichten ophijst en de ketting met de kleine ringen over het tandrad trekt. Nooit trekt ze te hard, nooit vergist ze zich in de kracht die nodig is om het gewicht te hijsen. Even is het stil, dan laat de klok zich weer horen, tik, tik. Gaat ze met vakantie dan maakt ze de gewichten los. Weer thuis, hangt ze de gewichten terug, opent het ronde glazen raampje en draait met de wijsvinger de wijzers naar de juiste klokkestand. Soms gaat de telefoon soms gaat niet de telefoon. Het zwarte toestel staat binnen handbereik. Ze neemt zittend in haar half hoge stoel de hoorn op en blijft bijna het hele gesprek door in dezelfde stand zitten.

Het appartement is aan kant. Ze stapt op een stoel en haalt uit de muurkast een breiwerk te voorschijn. De knot wol zit aan de breinaald gestoken, dreigt eraf te glijden maar wordt net op de tijd gevangen, terwijl ze lichtjes zwaaiend van de stoel af stapt. Het moet over twee weken af zijn, de trui, de sokken, de pullover. Ze pakt een boek van tafel en begint te breien terwijl ze met een schuin oog in het boek leest. Er flitsen gedachten aan een vergadering door haar hoofd, ze denkt aan de conferentie van morgen, aan het bezoek bij de Minster, aan de blauwe rook in de vergaderzaal. Ze kijkt op de klok. De wijzers zijn lastig te zien, Romeinse cijfers. Ze legt het breiwerk neer, staat op, gaat naar de keuken om thee te zetten. Ze wacht bij het fornuis, legt het brood terug in de blikken trommel, hangt de lepels in het houten rek. Het water kookt, witte damp beslaat haar leesbril die ze vergeten heeft af te zetten. Op de tast vindt ze de houten doos met thee. Terug in haar stoel, neemt ze het breiwerk op. Is dit mijn droom, denkt ze. Heb ik hiervoor gewerkt? Ben ik Franse taal en Engels en filosofie gaan studeren om alleen in een appartement te zitten breien, een boek te lezen?Twijfel overvalt haar maar zelden – ze beseft dat vriendschap haar eenzaamheid verdrijft en dat het geluk van anderen haar gelukkig maakt. Bette kijkt op de klok, zit te knikkebollen, maar het is nog vroeg, geen bedtijd. Ze wisselt de breinaalden van links naar rechts, slaat een blad om, tien bladzijden heeft ze gelezen, een rode draad in de grijze trui gebreid. De klok slaat, ze telt de slagen, negen, tien, elf. De avond loopt naar zijn eind. Buiten is het stil. Ze hoort nog een slag. Is het een vogel die verdwaald in de regen tegen de ruit slaat en omlaag tuimelt. Een zwarte vogel van de herinnering, een schaduw die in het licht van de lantaarn langs glijdt? Is het de tijd die hapert? Een moment dat zij in de afgrond van het bestaan kijkt? Ze staat op, doet het licht uit. Jaren later, zegt Bette me, verschijnt haar vader in een droom. Ineens is ze een jonge vrouw, die alleen leeft.

Mondriaan

Het Haags gemeentemuseum heeft een vaste collectie van Mondriaans werken. Bette gaat naar het museum – op de fiets. Soms gaan we samen en praten na. We zijn graag in dit Berlage gebouw, met zijn smalle ramen en gele kleur van baksteen, die reikhalst naar de zon. Het is verplicht de jassen af te geven bij de vestiaire, waar een man in uniform de kleding aanneemt. In de hal is het even zoeken waar de tentoonstelling begint. De brede trap op of gelijkvloers naar een van de vleugels van het gebouw. Bette beweegt zich onhoorbaar door de gangen, bekijkt langdurig een schilderij. Praten doet ze niet. Soms groet ze een bekende, maakt kort een praatje.

Mondriaan schildert in zijn jonge tijd vuurtorens, molens, bomen, het bizarre, grillige bos van Oele. Kleur dringt zich op aan het oog. Hij schildert zoals de kunstgroep de Stijl. Zijn werk ontwikkelt zich van naturalisme via geometrische vormen naar abstract. De 'bomen langs het Gein' is een schilderij waarop dit zichtbaar is zoals ook de fameuze appelboom het zachtmoedig abstract etaleert. De takken van de bomen vormen een patroon, een geometrisch figuur, een abstractie. Op het schilderij 'de kerk van Domburg' domineert het lijnenspel en verdwijnt de figuratieve vorm. Mondriaan is beroemd om zijn strakke lijnen en geserreerde, weloverwogen kleurinzet die materieel tastbaar blijft tot in de randen van de strakke lijnen. Mondriaans schilderijen zijn voor altijd onmiskenbaar Mondriaan, modern en model voor woninginrichting, gebruiksvoorwerpen en verpakkingsmateriaal. Het is een curieuze combinatie van helderheid en dichte afdekking met verf op doek, van etherische lichtheid en ijle abstractie. Hij moet gezegd hebben 'art is the expression of truth and of beauty'. Het is Bette uit het hart gegrepen ook al zal ze zich in geen enkel opzicht verwant voelen met Mondriaans theosofie. Daarvoor is Bette te aards. Haar zintuigen wijzen de weg. Om de verrukking van het intrinsieke leven te ervaren, heeft zij geen behoefte aan overstijging van de stof. In het kunstwerk ervaart ze de stoffelijke extase van het bestaan, het leven, het zijn, zoals de Franse schrijver le Clézio het later noemen zal.

Bette houdt van vernieuwing. Ze heeft oog voor de wereld in wording, voor de obstakels en de doorbraak. Haar soberheid is verwant met het Mondriaans spel van strakke lijnen op zijn schilderijen. Ik noem het ont-materialisering, die zich paradoxaal genoeg ook manifesteert in het geschenk. Bij het geven van een geschenk gaat het steeds om relatie en contact. Zoals wanneer Mondriaan de ogen sluit in de koets op weg naar de stad Parijs om zich niet te hoeven storen aan het groen van het landschap, zijn verbeelding zich een voorstelling van de wereld maakt in de vorm van abstracties in overdachte kleuren. Op die manier.

Revolutionair is ze niet, Bette. Bijna elke revolutie gaat immers gepaard aan geweld. Hoe meegaand en inschikkelijk ze ook lijkt, in wezen is ze rebels. Bette, keert zich tegen onrechtvaardigheid in de maatschappij, tegen de orde van onrecht in de wereld. Haar rebellie is een staat van het bewustzijn, van haar geweten. Het bestaan op zich mag geen doel hebben, het leven amoreel zijn, het krijgt zin door solidariteit en persoonlijke vriendschap. Dat zijn de vreedzame wapens tegen de absurditeit en de orde van onrecht. Zo bizar is rebellie.

Straatjongens

Ze aarzelt eerst nog, wanneer ze haar verhaal begint, maar al vlug rollen de woorden, als is de rem van de praatmachine afgehaald, met steeds grotere heftigheid uit haar mond. Bette vertelt, tegen haar gewoonte in, non-stop wat haar nog geen week geleden is overkomen in de binnenstad, waar ze voor winkelsluitingstijd op weg naar huis, in een smalle straat, bij een nauw poortje door een vijftal opgeschoten jongens wordt opgewacht, van haar fiets gerukt, op de grond gesmeten en onder bedreiging met een hard voorwerp, van haar portemonnee beroofd en verbouwereerd alleen achter blijft, haar nylonkousen gescheurd, haar knieën geschaafd, haar fiets op de grond, half verbogen, toch haar moed verzamelt, het stof van haar jas af slaat en met de fiets aan de hand naar huis loopt, bibberend een beetje zoals ze zegt, de fiets in de stalling zet en met slappe knieën de trap opgaat, de sleutel in het slot omdraait en binnen neerploft in een stoel, terwijl ze nog net voor zich houdt dat het huilen haar nader dan het lachen staat. Bette wacht een moment. Het verhaal is nog niet af, de schrik wel voorbij.

De volgende dag staat ze laat op, gaat naar het politiebureau in de eigen wijk om aangifte te doen van het voorval. Een agent luistert vriendelijk naar haar verhaal, trekt een lade van het bureau open en legt een dik boek op tafel, waarop hij zijn hand met een stevige klap laat neerdalen en het boek openslaat om met een indringende stem te zeggen 'mevrouw, in dit boek vindt u 80 foto's van jongens die een soortgelijk delict op hun naam hebben staan. Kleine criminelen, diefjes, overvallers, rotzakken. Wijst u maar aan, wie u denkt dat het deze keer zijn geweest. Mocht u niemand van de jongens herkennen, dan kan ik u meedelen dat dit slechts 80 van de 800 jongelui zijn, die dit soort overvallen in deze stad plegen. Maakt u zich geen zorgen –

over uw geheugen. Dat is heus wel in orde en zijn glimlach ontmoet haar ogen. Bette zegt: ik moet de agent hebben aangekeken als een koe. Ik sta op en schenk haar thee in, laat haar begaan. Na een tijdje vraag ik of ze boos is. Ze zegt: 'Ja, maar niet op de jongens, op mezelf. Dat ik het niet verwacht heb. Ik kon weinig doen, ik lag al op de grond.' 'Ben je bang,' vraag ik verder wanneer ik merk dat ze nog niet is uitgepraat. Ze glimlacht en zegt: 'Nee hoor, Ik fiets al weer naar het werk. Het hoort er bij, misschien. Het is de schrik, misschien ook dat ik er nooit aan denk. Ik heb nog in de krant gekeken, opgezocht of er iets over geschreven stond. Niets gevonden, geen berichtje. Het gebeurt waarschijnlijk elke dag. Vreemd, dat je er niet bij stil staat.' ' Ben je misschien blij om wat er gebeurd is,' vraag ik ten slotte aarzelend. 'Ja, zeker, het had erger kunnen zijn. Ze hadden me kunnen aftuigen, aanranden, maar ze zijn er van door gegaan. Kom,' zegt Bette 'het is wel goed zo.'

In een onbewaakt moment

Steeds vaker denk ik aan haar bescheidenheid. Waar of die vandaan komt. En ik bedenk, fantaseer, verbeeld me dat zij misschien wel koerierster in het oorlogsverzet is geweest. Ach, nee, maar toch misschien? Daarover liever niet praat. Ik steeds op zoek blijf naar een grondige verklaring hoe Bette zo geworden is. En ik ineens naast haar sta en zeg dat ze eens moet gaan zitten tussen de mensen, dat ze daar recht op heeft en zachtjes in haar oor fluister dat het feest voor haar is georganiseerd, voor het vieren van de jarenlange bescheidenheid, waaraan alle gasten zoveel te danken hebben dat het tijd wordt om het te zeggen ook al wil ze het niet en glimlacht ze om zoveel drukte van mij zonder te weten of er ooit achter te komen, waar die bescheidenheid vandaan komt.

Zo'n moment, ja dat komt nog vaak terug. Het herhaalt zich. Op de vreemdste plaatsen, de gewoonste plekken, de minst bekende, de meest bezochte plaatsen. Bij de kachel als die er nog is. Later aan een tafeltje in de pizzeria. Tussen nog meer mensen dan aan de lange tafel van de familie. Soms in de tuin, als de herfst nadert en ik de bladeren bijeen veeg. Dan weer hartje zomer, zittend voor de tent, op de nieuwe camping in Zuid-Frankrijk. Wanneer ik in een winkel een pot jam koop of afreken bij de kassa. In de concertzaal luisterend naar de heftige pianomuziek van Rachmaninof. Wanneer ik in de rij voor het Louvre sta en in mijn broekzak zoek naar geld voor de entree. Of ik in de duinen aan het joggen ben en de veter van mijn schoen los gaat en ik stop om hem aan te trekken en vast te binden. In de trein op weg naar Groningen het raampje open draai om een koffie te bestellen. Als ik het licht uitknip en in bed stap.

Een spelletje kaart

Eenmaal in de drie, vier weken speelt Bette canasta bij de familie H. van wie ze via haar tweede moeder familie is, aangetrouwd maar toch familie. Haar Oom en Tante wonen in een klein, donker huis met antieke meubels, een piano, zware kleden op de vloer en op tafel, boeken, een ongekend aantal boeken, van geschiedschrijvers uit de negentiende eeuw. Beiden zijn ook in die eeuw geboren, het zijn hun schrijvers, die vertellen over hun jeugd en die van hun ouders weer. Het verleden is in het huis gekropen, waar ik alleen met kerstmis kom, wanneer oom kerstliederen op de piano speelt als op een orgel, langzaam en protestants. Canasta is een amusant spel, uitdagend voor het geheugen, zegt Bette, kennelijk niet voor kinderen bestemd en daarom niet door haar uitgelegd. Misschien heeft ze er niet de geschikte kaarten voor in huis, ook dat is mogelijk. Oom is een belezen man, schrijft conservatieve gedichten voor eigen rekening, zoals hij het noemt. De familie is behoudend protestant zoals de meeste, negentiende-eeuwse dominees uit het voorgeslacht. Oom is ook behoudend in politiek opzicht, intelligent, maar allesbehalve socialistisch. Hij heeft in Indië gewerkt en gewoond. Het verleden is zijn maatstok voor de toekomst, terwijl voor Bette het heden een opening naar de toekomst is. Bette is in dit huis een welkome gast voor het spel dankzij haar verdraagzame geest, Natuurlijk is het ook goed mogelijk dat Bette heel bedreven is in canasta en als zodanig niet gemist kan worden. Of ze tijdens het spel spreken met elkaar of dat ze afspreken dit niet te doen, ik weet het niet. Het is ook heel wel mogelijk dat ze de avond afsluiten met het drinken van een wijntje. Een spelletje canasta leent zich goed voor vriendschap en verdraagzaamheid. Bette tikt me op de schouder. Ze glimlacht om mijn woorden en kijkt alsof ik net als vroeger weer eens van de fiets gevallen ben. Ze helpt me overeind. Ik sla het stof van mijn grootspraak af. Bette zegt: vanavond speel ik een spelletje canasta, meer niet

Geheim dagboek

Bette verrast haar vrienden vaak met brieven, die zij onmiddellijk herkennen aan het vaste handschrift. Schrijven is haar vorm van contact, haar handreiking. Op haar verjaardag vraagt ze postpapier, haar lievelingscadeau. Heeft Bette geheimen? Gebeurtenissen uit haar leven waarover ze niet schrijft? Zaken die ze verborgen houdt? Op een late zondagmiddag vertelt ze over haar vader. Hij had niet veel tijd voor boeken, zegt ze, maar schreef de laatste jaren van zijn leven een dagboek. Hij heeft voor het eerst meer tijd, tijd om na te denken, terug te kijken, tijd om de stand van zaken op te maken. Hij schrijft in de oorlog over zijn gemoedstoestand, over zijn neerslachtigheid, zijn ziekte zoals hij het zelf aan het einde noemt. Over de twijfels of hij altijd wel goed in zijn leven gehandeld heeft, de juiste beslissingen genomen, iedereen rechtvaardig heeft bejegend. Soms lees ik een paar bladzij in het schrift, zijn dagboek en dan stop ik weer, zegt Bette. Het maakt me bedroefd, zijn machteloosheid, de onmacht om nog van het leven te genieten, de onbereikbaarheid die voortkomt uit zijn neerslachtigheid, die hij toeschrijft aan zwakte van zijn zenuwgestel. Hij gaat in behandeling bij een psychiater, de gerenommeerde dr. Carp. Het zijn de jaren waarin nog niemand goed beseft dat hij lijdt aan steeds intenser somberheid. Hij kan er eerst niet over praten, denkt dat het tijdelijk is, de neerslachtigheid wel weer zal weg trekken als een onweersbui. Hij probeert fysiek aan te sterken, wil zich niet laten kennen. Bette glimlacht. Wat een rare uitdrukking, vreemd. Het is juist precies wat hij nodig heeft, dat zijn vrouw en volwassen kinderen hem kennen, begrijpen wat er aan de hand is, dat hij lijdt aan depressies. Ik knik en zeg ik 'herinner me alleen hoe hij toen was, het voorlaatste jaar.' Bette kijkt me ongelovig aan, zet haar bril af. Ik wacht even, als ik zie dat ze me niet begrijpt.

'Ik moet een jaar of vier zijn, zeg ik. Ik speel op de vloer, een donkere vloer van hout, parket waarschijnlijk. Ik speel met een houten autootje of een trein. Het is een donkere kamer. Ik zie schaduwen schuiven over muur en kleed. Ik ben niet alleen. Achter

118

me hoor ik voetstappen, dan hoor ik ze niet, tot ik ze vlak bij me weer hoor. Soms kraakt de vloer. Wanneer hij over het vloerkleed loopt, hoor ik zijn voetstappen niet. Des te beter hoor ik het zacht gebrom dat hij uitstoot, dat dichterbij komt en ophoudt, wanneer hij zich omkeert en weg loopt de andere kant op, de donkere kamer in. Gegrom zonder woorden, onverstaanbaar gemompel, geluid diep uit zijn borst. Als ik luister hoor ik nog steeds dat gegrom, woordeloos gestommel dat uit zijn lichaam komt, uit zijn zware lijf, uit die langzame, naderende stap. Donker gebrom, dreigend tot het afneemt. Gemompel dat door de kamer stommelt.' Ik zet mijn kopje terug. Ze zit bewegingloos in haar stoel. Het blijft stil. Er valt niets te zeggen. Ze staat op, loopt naar de keuken en komt na een paar minuten terug. Ik blader in een tijdschrift. Ik kijk niet op en hoor haar zeggen:'ik zal het je niet laten lezen, zijn dagboek. Ik zal het verbranden.' Ik kijk op en knik.

Een onverwacht bezoek

Een beetje buiten adem kom ik boven, bel aan en het duurt even voordat ze de voordeur open doet. Een seconde denk ik dat er iets gebeurd is. De deur gaat open en Bette kijkt me verbaasd aan, vergeet de deur verder open te doen totdat ik haar zachtjes naar achteren duw en zeg,' ja, ik ben het, echt.' Ze lacht als een meisje dat iets te verbergen heeft en als ik de grote kamer binnen stap en de bordjes voor de soep, het hoofdgerecht en het fruit en de eenpersoons glimmende pannetjes op tafel zie, het servet uit de ring, de vork en lepel nog op het bord, begrijp ik dat ze niet met bezoek gerekend heeft. Ben ik welkom, vraag ik lachend waarop geen tegenspraak mogelijk is. Ze begint de tafel af te ruimen. Ik help haar de pannetjes en de onderleggers, de theepot en de kommetjes naar de keuken te brengen. Ze voelt zich betrapt, nee een beetje overvallen ook al maak ik een grapje dat ze vast iets te verbergen heeft en ik graag wil weten wat dat is, terwijl ik kranten van het ronde tafeltje optil, mijn hand over de boekenkast laat glijden, voor een schilderij blijf staan en zeg dat ik het nog nooit eerder gezien heb. Dat is niet waar zegt ze. Sorry, dat kan niet, het hangt er al jaren. Dan heb ik nog nooit echt goed gekeken naar deze Soutine, zeg ik. Het is een reproductie, zegt ze vergoelijkend. Je had toch die vaas met witte bloemen hier hangen, van Gogh, zeg ik nog. Ze hoort het niet, nog in de war van mijn onverwachte komst. 'Zal ik muziek opzetten' en ze haalt de grammofoon wat naar voren in de open wandkast, Satie? We luisteren. Ik blader in een tijdschrift. 'Wanneer komt er een lift in het flatgebouw,' vraag ik. 'Ik ga verhuizen naar de benedenverdieping zodra het kan. Als de vrouw daar naar het bejaardenhuis gaat. Ik neem mijn spulletjes mee. Voortaan zie ik je op tijd aankomen wanneer ik voor het raam sta, achter het gordijn, zodat jij mij niet ziet. Alleen hoor jij buiten op straat misschien mijn muziekjes van Satie of Debussy of Gabriel Fauré, te hard omdat ik tegen die tijd waarschijnlijk doof ben. Ik zal je al van ver zien aankomen, vast en zeker zien, dwars door het gordijn of je wilt of niet.' Wanneer ik opstap, beloof ik haar voortaan eerst te bellen. Ze lacht, weet dat ik me niet aan mijn woord zal houden.

Sensini

Niemand kent Sensini. Niemand in de literaire wereld heeft ooit van hem gehoord. Hetzelfde geldt lang voor zijn schepper, de Chileense schrijver Bolaño. Zijn boeken lezend, besef ik hoe anders de wereld na de dood van Bette is geworden. Hoe anders ook literatuur is geworden. En hoe anders ik de wereld nu op latere leeftijd bekijk. In wezen gaan zijn boeken zonder uitzondering over vriendschap, vooral tussen jonge mensen, literatuurliefhebbers en beoefenaars. Zonder uitzondering zijn het mensen, die uit eigen ervaring of van dichtbij – in Latijns Amerika - de dictatuur kennen. Dat is de parallel met Bette, vriendschap in een tijd van onderdrukking, verbod van het vrije woord. Communicatie is de laatste strohalm voor het engagement met de wereld. De vrienden zoeken elkaar op, houden contact, praten over schrijvers, dichters, reizen en komen terug, luisteren naar elkaars verhalen en gedichten, telefoneren, verdwijnen, trekken een spoor, worden terug gevonden of niet. Het is een kluwen, het is een draad, een kluwen zonder draad, draden zonder kluwen. Onontwarbaar, verward en te verwarren. Het zou Bette niet vreemd voorkomen.

Vriendschap is het houvast. De zorg om elkaar. Bette voelt dat feilloos aan. Ze heeft Bolaño er niet voor nodig. Ik herken het achteraf, de tijd van onze gesprekken, de talloze brieven, de onregelmatige telefoontjes en de bezoeken, de eindeloze gespreksstof, literatuur en schilderkunst, het web van boeken, het netwerk van schrijvers, de kakofonie van stemmen die ons roepen, waarschuwen, opwinden en kalmeren. De vriendschap met Sensini ontwikkelt zich via een intensief contact over deelname aan literaire wedstrijden. Wanneer Sensini overleden is, komt diens dochter op bezoek en dan zegt de verteller: 'Suddenly I realized that we were at peace, that for some mysterious reason the two of us had reached a state of peace, and that from now on, imperceptibly, things would begin to change. As if the world really was changing.'

6. DE JAREN ZESTIG EN ZEVENTIG

Wat er ook gebeurt. Of de tarweoogst mislukt. Een man van de toren
springt. Een vogel tegen de ruit vliegt. Een meisje spoorloos
verdwijnt. Geen dag gaat voorbij. Geen herfst breekt aan. Geen
mens sterft. Geen droom wordt gedroomd. Of - altijd is er het debat.
Het grote debat. Intellectuelen en kunstenaars bestoken de macht,
betwisten de macht, klagen de machthebbers aan. Niemand ontkomt
aan het debat. Niemand gaat vrij uit, geen struisvogel. Altijd en
eeuwig is er het grote debat. Het ontgaat Bette niet.

Parijs

Bette is er al direct na haar studie geweest. In de jaren twintig van de
twintigste eeuw, les folles années van het expressionisme, het
surrealisme en dada, revoluties in de schilderkunst. Het is als raakt
de tijd na eeuwen van langzame vooruitgang in een wilde
versnelling en ontdekt de menselijke geest de onbegrensde
mogelijkheden van wetenschap en verbeelding. Als jonge, net
afgestudeerde vrouw draagt ze de bagage van de negentiende eeuw
bij zich en kijkt ze verbaasd in de nieuwe wereld rond. Ze
hallucineert, ze vlindert, ze tolt. De stad bedwelmt. Het is haar eerste
wereldstad, stad van haar late jeugd en een nieuw levensgevoel, het
fijngevoelig zenuwcentrum van haar denken, de werkelijkheid van
haar droom. Wat zij daar ooit heeft ervaren, zal ze delen, deel en
tegendeel. Bette vertelt, Bette droomt, Bette verdwaalt. Parijs is een
belofte, een doos van Pandora, het experiment van de verbeelding,
van wilde vrijheid en ongedroomde uitzinnigheid. Het is
revolutionair, historisch en modern; het geurt en stinkt in zijn riolen,

het gedijt in weelde van de salons, een madame en verteert in armoede en vergane glorie, een clochard. Misdaad en schande slapen aan weerszijden van de Seine-bruggen. Parijs is een essay, dat zich zelf schrijft. Parijs is de werkplaats van schilders en beeldhouwers, dichters en denkers, het atelier en de veiling van de vooruitgang, de poort van de toekomst. Het ligt vooral ver weg. De jongste zus van Bette woont er aan een rondgaande boulevard in een appartement, dat ze gastvrij ter beschikking. Heeft Bette er op aangedrongen, bemiddeld?

Het is 1958. Voor een bedrag van vijftien gulden lift ik met een vriend naar de hoofdstad in een vrachtwagen. Als een slaapdronken slak gaat het heuvel op, heuvel af, café in en café uit, de lange sterrennacht door. De chauffeur drinkt liters koffie als ligt hij doorlopend aan een stimulerend infuus. Achter het stuur zegt hij niets, doorboort verstard het donker op de weg of mompelt in onverstaanbaar Bargoens. De vrachtwagen is zijn huis, zijn trein, de weg een donkere mollengang. Hij moet alsmaar naar de wc. en stopt waar het kan op onverlichte parkeerplaatsen langs de weg. Als hij weer in de cabine klimt, ruikt hij naar sigarettenrook. In de vroege ochtend rijdt hij door smalle straten het hartje van Parijs binnen, wringt zich door stegen naar de vleeshallen. Het is net licht geworden. De lucht trilt van opwinding en verwachting. Hoeren en dieven zijn op weg naar huis, straatvegers speuren naar bladeren en vuil. De chauffeur ziet bleek, wij tollen om van de slaap. Vleeshouwers en de vleessjouwers gaan het slachthuis in en uit. Ze zijn klein van stuk, gesticuleren druk, hun kleren doordrenkt van bloed als zijn het gewonden thuiskomend van het front. Ik ruik ze in de cabine, door de half open gedraaide raampjes heen. Ik zie de dode dieren, de eerste slachtoffers van de nieuwe dag. Les Halles, is dit de

124

door Bette veel geprezen Franse cultuur van het betoverend Parijs, de feeërieke lichtstad, waarvoor we al die uren in die tergend trage vrachtwagen zijn heen en weer geschud? Dit weeë, misselijk makend luchtje van bedorven groenten en dood vlees, dat ik hier ruik en ongevraagd in mijn reiskleren kruipt? Ja, later als de hallen zijn gesloopt om plaats te maken voor Beaubourg, La Petrolière met zijn bibliotheek en museum heeft de kunst de geur van het dagelijks leven, van het gewroet, de slacht, het afval, kortom de stank van het leven verdrongen. Ja, zij vindt – en dat kan hier wonderwel - dat wij de Franse cultuur maar moeten opsnuiven, diep inademen al worden we vreselijk onwel zoals zo vaak bij nieuwigheden. Het went niet. Ik ruik de keuken van het restaurant, de vismarkt, de plasmuur, het pissoir, de Pernod, het wijntje en de Seine met zijn drijvend vuil en dode vis. Geen leven zonder afval, bederf of dood. Les fleurs du mal en de walging. La nausée en de verrukking, een nieuwe mengeling, die ik voor het eerst bewust gewaar word. Het is of ik uit een hoes gehaald word en tegen het licht gehouden. Ik slenter langs ateliers, galeries, de bouquinets aan de kade van de Seine, waar Bette al vroeg rond snuffelt op zoek naar vroege edities. Ik blader door oude boekjes, tuur naar tekeningetjes van Jean Cocteau, lees de waanzin van Artaud, hoor 'le son du cor' van Prévert. Bouquinets, boeketjes, rozen, stalletjes. Bette wandelt ongezien in de schaduw, in de verte, aan de overkant van de Seine. Ik verdwijn in een cafeetje met blauwe sigarettenwalm, goedkope wijn en gitaarmuziek. Ik strijk neer op een terras in de hoop Sartre te treffen. Toch mag ik ook het Louvre niet missen evenmin als het Jeu de Paumes, het museum van de Impressionisten. Bij Bette thuis hangen reproducties aan de muur, liggen kijkboeken op tafel. Monet, Manet, Matisse, Renoir, Cézanne, van Gogh, Gauguin, Picasso en Miró, ik weet weinig of niets van deze bohemiens, vrijbuiters en avonturiers, van het gevecht om kleur

125

en licht, om vorm en structuur, om ruimte. Met Bettes socialisme heeft dit alles weinig van doen wel met een intense vreugde om het zintuiglijk bestaan. Mijn burgerlijkheid krijgt een flinke deuk. Daar sta ik, overdonderd door de explosie van heldere kleuren, de wilde penseelstreek, het licht- en schaduwspel. Het duizelt me. Bette, verliefd op deze stad, dit land, deze kunst. Weet zij leven en kunst te scheiden, de schilders van hun werk, liederlijkheid van schoonheid? Heeft ze een zwak voor de keerzijde van de kunst, de lelijkheid van de werkelijkheid, de krochten van de ziel en de samenleving? De nieuwe mengeling die ik hier ontdek. Is dat een verborgen trek in haar, een verscholen laagje in haar ziel, waar het socialisme zich voedt? Wil Bette dat ik dit leer ontdekken of heeft ze een vermoeden dat ik het zelf herken. Tijdens mijn eerste dagen in Parijs ontluikt een andere manier van kijken, het openbreken van de dingen, een nieuw doorzicht naar het leven, kunst, landschap en samenleving. Ik kruip uit de cocon van mijn opvoeding, ik ervaar een lichtheid van het bestaan, ontdek de ironie van de waarheid. Of Bette weet heeft van deze ontvankelijkheid, ik vermoed het. Ze loopt naar het venster, opent het raam en zegt 'kijk'. En ik kijk.

A la Cafétière

Het is daar in Parijs, in 'haar' stad, in een smalle straat, dat ik voor het eerst een neger zie. Hoe kleinsteeds ben ik opgegroeid! Van Senghors 'négritude' heb ik nog niet gehoord. Hij moet eerst president van Senegal worden. Nee, negers wonen niet in Nederland. Ik voel me als Ho Chi Min, de revolutionaire Vietnamees die naar Parijs komt en daar een blanke glazenwasser ziet, een blanke wasvrouw, een blanke fabrieksarbeider op weg naar huis. Dat is vijftig jaar eerder. Stom verbaasd was de Vietnamees, ben ik nu. Bijna als verdwaald voel ik me in de vierde dimensie. Einsteins doorbraak in de fysica, door Picasso in dubbele optiek op het doek gebracht. Het gezicht en profil en ook en face, de geest van de tijd, het genie van de eeuw. Ik schrijf Bette briefjes, die zijn verdwenen. Brieven op gelinieerde blaadjes uit schriften en cahiers gescheurd, vol gekrabbeld met wilde ideeën over moderne schilderkunst. De velletjes zijn verloren gegaan, maar nog vaak zal ik het Jeu de Paumes binnen stappen, eindeloos er rond hangen, eindeloos kijken naar Cézannes blauwe vrouw op de stoel, de smalle koffiekan op tafel, de grote, gelaten handen in haar schoot. In het museum hangt verzameld werk van schilders die naar buiten trekken, schilderen in de open lucht, de natuur opzoeken, licht weergeven in kleur. Ooit wordt het werk verplaatst naar het Musée d'Orléans, het oude treinstation, waar de ambiance voor het impressionisme ontbreekt, de magie van de plek verdwenen is. Maar als ik er ben, is Bette er voortaan ook. Ze luistert en kijkt mee, zij zit daar op die stoel naast de tafel met de koffiekan. Ze belichaamt de tijd dat ik nog niet besta. Later neem ik haar in gedachten mee naar het Picasso museum, verscholen daar achter in een hoek van het zestiende arrondissement.

Bette leert me kijken; ze leert me het schilderij, de verf, de kleuren, het licht, het doek zien als stofuitdrukking, bezielde materie tastbaar verschijnend voor het oog. Van de springende herten en oerossen in de prehistorische grotten van Altamira en Lascaux tot de molens en vuurtorens van Piet Mondriaan, van de zwarte Maagd en de Huilende Krab van Karel Appel tot de naakten van Modigliani en Lucian Freud, van de erotische Jugendstil schoonheden van Gustav Klimt tot het Zwart suprematisch Vierkant van Malevitsj. We zitten soms samen aan tafel, we zwijgen, drinken thee. Ik noem Bonnard,

Marthe in bad, kleur als licht. Bette knikt. We zitten in het restaurant van een museum, leunen op het koele formica tafeltje, bladeren nog eens door de catalogus van de tentoonstelling. We praten uren, discussiëren, zwijgen. Kunst is materie van de geest. Ik noem de klaproos van Emil Nolde, de stille poezen in de mand van Sal Meijer, de aquarellen van Charlotte Salomons, de tekeningen van Paul Citroen. Bette zegt Chagall, haar favoriet en ik zie, wanneer ik in Jeruzalem ben, gebrandschilderde ramen van het monument. We lopen nog een keer door de tentoonstelling terug in Parijs, in Kröller Muller, in Amersfoort, in het Singer-museum van Laren, en nog het meest in het Haags gemeentemuseum met zijn Mondriaan werken. Deze tijd samen, wij twee met elkaar, is een lange straat van schilderijen en beelden, een straat van de verbeelding, de spiritualiteit van de materie, onze straat, een straat zonder einde. Bette is de vrouw op de houten stoel, de blauwe vrouw van Cézanne, de vrouw met de slapende handen, de ingekeerde vrouw, de vrouw die rust na het werk. Op een nacht droom ik dat het schilderij verdwenen is, gestolen, de nacht dat Bette sterft.

Bibliothecaris

Communiceren is Bettes handelsmerk al houdt ze niet van handel en commercie. Contact, moet ik zeggen, is het voertuig van haar vriendschap. Bette spint een web, spant een vangnet. Zij is een zend- en ontvangstation. Haar hemelruim is vol geluiden, seinen en signalen, vol gezang. Ze is de koningin van de post, de telegraaf, de telefoon. Rumoer en boodschappen, morsetekens, geheimen, postduiven, marathonlopers bevolken haar dag vanaf zonsopkomst tot diep in de nacht. Mijn reis begint, ik ga in Utrecht studeren. Het

is 1958. In de VS verschijnt het omstreden, erotische boek Lolita van
Nabokov. De nucleaire grootmachten sturen Spoetnik en Explorer
satellieten de ruimte in. Voor het eerst is de stem van Fidel Castro te
horen over de radio op Cuba. Graham Greene publiceert het boek
Our man in Havanna.

Bette geeft me voor de reis een ander boek 'De Weg der
Beschaving' (inleiding tot de etnologie) van de Deense etnoloog Kaj
Birket Smith. Een onderzoek naar de wording van culturen in
historisch perspectief. Het staat vol foto's van primitief Afrikaans en
Indiaans aardewerk, van gevlochten manden en gouden sieraden,
lemen hutten, kleding en kapsels van leer, huid, geweven of
geknoopt, versierde, gruwelijke speren en schilden met haken, van
dorpen, steden, Hindoe en Boeddha tempels, Chinese bouwwerken,
van ziggurats en piramides. Bette schrijft voorin het boek: 'Want in
alles wat de mens schept, leeft de geest. De geest zelf echter is het
grootste raadsel.' Het citaat ontleent ze aan het boekje 'Leven en
Kunst in de IJstijd van Kühn. De geest, waarvan ze spreekt, is door
en door aards, van het stoffelijke doortrokken, bewuste materie.
Bette is gefascineerd door de scheppingskracht van de mens. Haar
geloof in sociale vooruitgang is er op geënt. Haar zin voor kunst
vindt er zijn oorsprong in. Haar mededogen is er op gestoeld. De
geest is stoffelijk en heidens, grondslag van ethiek en kunst. Het
boek ademt verwondering over andere volken, over andere denk- en
leefwijzen, onbekende gewoonten. Ik herken een verlangen naar een
bestaan dat met de aarde verbonden is. Met de bomen en vruchten,
rivieren en meren, vogels, bergen, mensen. Ja met de goden,
personificaties van menselijke deugden en ondeugden. Een bestaan
grillig en ongrijpbaar, verrassend en verleidelijk, uitdagend en
spiritueel. Het boek is de opening van een reeks, het begin van een

serie geschriften, van een aanhoudende stroom literatuur. Elke maand weer stuurt Bette mij berichtjes, briefjes, kwitanties, pakketjes. Altijd is het een verrassing. Elke maand weer. Het is geen bemoeizucht. Ze vraagt me hoe het gaat, hoe ik leef, of ik gezond ben, wat ik lees, doe en waardeer. Maar nooit vraagt Bette op wie ik verliefd ben, bij wie ik slaap, welke nachtclub ik bezoek, hoe ver ik weg zak in het raadsel van de geest en van het lichaam. Ze bewaart afstand, weet wat vrijheid waard is. Soms stuurt ze krantenknipsels over tentoonstellingen, kunstverzamelingen in musea in het land. Van de Etrusken en hun grafheuvels, van verdronken schepen in de Zuiderzee, van de Thraciërs met hun goud tot de flamboyante naoorlogse Cobraschilders en de erotische tekeningen, waarmee Aatje Velthoen op een bakfiets door Amsterdam rijdt. Het is als schrijft ze: droom maar, neem de trein, blijf jaren weg, de wereld is zo groot, monster aan op een schip, de reis is al begonnen, vergeet niet nieuwe schoenen te kopen en een warme jas, haast je, er valt nog zo veel te doen, struikel niet over oude gedachten, neem je slaaptent mee en je camera, overnacht in het bos, achter het museum, onder de brug, in de woonboot van Anais Nin of waar ook als je de liefde bedrijft.

Ook boekrecensies uit het dagblad het Vaderland vallen in de brievenbus alsof ik niet al lang vertrokken ben zonder post restante adres achter gelaten te hebben. Ik abonneer me op de Groene Amsterdammer, lees Alberts, Stibbe, Kelk en Gortzak, Anton Constandse, droog, hard, ironisch en kritisch, ieder met eigen timbre, toonzetting en opvatting. Zij kunnen schrijven, lezers verleiden. Ik schrijf in Sol Iustitiae (het universiteitsblad) stukjes over kunst in de stad, over studentenpoëzie, artikeltjes over de vuile oorlog in Algerije, over Nieuw Guinea. We schrijven elkaar, we nijgen naar elkaar als zonnebloemen naar de zon. In de winter vraagt ze of de kachel brandt, of ik de verkoudheid bestrijd met vicks of ik in de kou mijn DKW-motorfiets nog kan aantrappen, benzine kopen kan.

Bette volgt me op de voet. Ze is de bibliothecaris van de nieuw geopende bibliotheek. Altijd is ze vroeg op, doet haar ronde door de leeszaal, inspecteert. Na aankomst leidt ze me rond, legt uit hoe het werkt, de fiches, de aanvragen, de systematiek, de afdelingen, de verplichtingen, de vreugde van het lezen. Het gaat haar goed af. Ze beveelt me al vroeg klassieke Russische schrijvers aan, Tolstoï, Dostojevski, Gorki, Toergenev, Gogol, Poesjkin en niet in de laatste plaats Tsjechov, de meester van het korte verhaal. De Russische bibliotheek, zoals het heet, negentiende-eeuws, traag en omslachtig van taal, intrigerend, vervreemdend en demonisch, het voorspel van de revolutie. De koude vlakte achter het ijzeren gordijn stroomt vol mensen, dichters, romanciers en essayisten die schrijven uit hartstocht, gewetensnood en duistere romantiek, die in Nederland niet voorkomt. Een ware vloedgolf, ik verzuip bijna. Dikke boeken, lange uren, wroeten in het ondergrondse van de ziel, de raadselachtige Russische geest en de vastgeroeste samenleving van landeigenaren, lijfeigenen en popen, gekken en armen, dieven en dwazen, misdadigers. Ofwel de idylle van een glanzende appel, een verboden zwangerschap, een revolverschot, schuld en boete. Het leven wordt niet vrolijker van deze grote ernst in de grote Russische vlakte van onderdrukking en verbanning. In haar kattebelletjes vraagt Bette of ik wandel, sport of wanneer ik weer eens langs kom. In een geheime afdeling staan de dissidenten, boeken uit de samizdat, de ondergrondse literatuur die in de Sovjet Unie circuleert en daarbuiten in druk verschijnt. Pasternak en Solzjenitsyn, Achmatova en Mandelstam; over liefde, gevangenschap, bittere kou en dood. Ik ga op vleugels, fladder op en vlieg tegen het raam, word er ziek van tot in mijn ingewanden, beroerd en diep ellendig vaak, bijna depressief tenzij ik mijn handgedraaide shagsigaretjes rook. Waar halen de mensen de moed vandaan? Onder de dictatuur leven ze in de schaduw van de angst, in de vrees voor de klop op de deur, voor de geweerschoten in de nacht op de binnenplaats van de gevangenis en van het sterven thuis of verbannen, ver weg, in de armen van de angst. Waar dient al deze zwaarmoedigheid toe voor een student op kamers?

Als moderne bibliothecaris kijkt Bette verder en licht een tipje van de Japanse literaire sluier op. 'Sneeuwland', dat moet je lezen. Ik stuur het je. Een roman van Yusanari Kawabata. Ik ken geen sensitiever, zintuiglijker verhaal, teder en wreed. Ik ben verrukt, proef de perfectie, ervaar de schoonheid, decadent als bij Louis Couperus, die ooit ook Japan bezocht. Het is een eerste kennismaking met oosterse literatuur. De impressionistische schilders zijn dol op Japanse kleurenhoutsneden. Ze lopen er mee weg, terwijl het in eigen land als volkse smaak wordt aangemerkt. Het vreemde en omstreden Japan past in haar zoektocht over de aarde naar menselijke waarden, naar een houdbaar, sociaal humanisme. Het past ook bij de kopjes thee die we zo vaak samen drinken. Bette zet het vogelkooitje open. Ik vlieg uit. Ik zal nog heel wat 'Kawabatas' lezen, bij herhaling zijn Sound of the Mountain en op een dag zal ik een bezoek brengen aan het reusachtige Boeddhabeeld in het Japanse stadje Kamakura, waar de schrijver zich het leven beneemt. Bij het immense beeld denk ik aan sneeuwland, Bettes hartstocht en de zachte afdruk van haar leven. In de schaduw van de grote Boeddha zie ik haar staan, met een glimlach om de lippen. Mijn bibliothecaris, onvermoeibaar, blij, onzichtbaar op de foto zoals altijd. Mijn vrouwelijke leermeester in de verstilling, om het oosters te zeggen. Jaren later zie ik in Haruki Murakami een opvolger van Kawabata. Hij loopt met je de stad in, daalt af in de volgepakte metro, gaat naar de bioscoop met porno, drinkt koffie in een bar, vergiftigt kinderen in een bos, stopt je dagen lang in een diepe put, wordt verliefd, droomt en brengt je naar het oorlogsfront en dat alles kan TV zijn, leven op het scherm, onderaardse werkelijkheid, bovenaardse droom, maar in elk geval verbeelding, speels, bruut, absurd, wreed en teder, voorbijgaand. In de verte wuift de bibliothecaris, glimlachend, tevreden ook als ze misschien nog eens hoort dat de haikudichter Bashõ haar plaats inneemt op mijn reizen door Zuidoost Azië. Hoewel ze geen boeddhist is zo min als ik, is haar levensstijl toch verwant. Haar stille aanwezigheid, op afstand of dichterbij, wat is het anders dan een vorm van Zen-beleving? Haar glimlach, wat is die anders dan haar manier van verstaan, van haar wezen, haar hart? Toch zet Bette in deze tijd nooit een voet in het studentenhuis. Nooit zal ze op de stoep staan of een vriend op de deur kloppen en zeggen Bette is er. Dat zal ze niet doen. En ze doet het niet. Wel stuurt ze briefjes, waarin ze voorstelt af te spreken op het station of bij een museum. Ze wil niet mijn terrein betreden, wel samen op stap gaan, waar we allebei vreemden of gasten zijn. Ze houdt niet van het onverwachte. Ze wil zich niet opdringen, alsof ze een vreemde is, die geen rechten heeft. Zo heeft ze geen idee of ik op haar wacht, ooit over haar praat of vertel wie toch altijd die pakketjes stuurt. En zo is ze afwezig toch vaker in de buurt dan ze denkt. Net als in het eethuis, verschijnt Bette als uit het niets.

Nee, niet alleen India en Indonesië, maar de wereldrevolutie, de dekolonisatie nu voluit. Er opent zich een kleurige waaier van nieuwe staten in de derde wereld. Kort na de oorlog Israël, Libanon, Jordanië, Egypte, later gevolgd door Kongo-Kinshasa, Zambia, Bokina Faso, Gambia, Eritrea, Cambodja, Laos, wie heeft er van gehoord? Het is de nieuwe, politieke werkelijkheid. Elke staat met eigen stem in de Assemblee van de Verenigde Naties. Elk met ambassadeurs in alle wereldhoofdsteden. Dure auto's, eigen chauffeur, een lijfwacht en soms verkiezingen. Bandoeng wordt de naam van een nieuw verbond, van een onafhankelijke politieke koers voor jonge staten. Het kolonialisme en de revolutie zijn nog niet helemaal vergeten. De Bosatlas wordt – heel winstgevend - elk jaar vernieuwd, herdrukt en voorgeschreven in het onderwijs. Ontwikkelingswerker is een nieuw beroep, een nieuw vak. In de VS noemt men het Peace Corps. Het klasje van jonge diplomaten bij het Ministerie van Buitenlandse Zaken groeit met het jaar. De aankondiging van een nieuwe werkelijkheid over de grens. Aan beide zijden van het ijzeren Gordijn is orde dominant, stabiliteit de toverformule, ligt de verbeelding onrustig aan de ketting van de machthebbers. Hier is rumoer over de regenten en de opslag van kernwapens, daar de samizdat en het gewapend volksoproer. De stilte broeit, de spanning stijgt, huizen worden al dan niet met geweld gekraakt. Het deksel wordt nog hechter op de pan geschroefd. Het wachten is op de explosie. Steeds hoopt men dat het andere kamp het eerst bezwijkt. Om en om is men de ander in de bewapeningswedloop een stap voor, zoals de contraspionage beweert. De samenleving verschiet van kleur als een kameleon. Langzaam verschuiven gewichten, accenten, invloeden, gewoonten, de macht. Niet de bossen, maar de metropool, op Nederlandse schaal, de Amsterdamse grachtengordel. Niet de kerk op zondag, maar het zwembad. Niet het Scheveningse vrouwtje in klederdracht op zondagmiddag, maar de badgast in bikini op het strand. Niet de

school met de bijbel, maar de oecumenische bijeenkomst. Calvijn is
een standbeeld en God is dood. De maatschappelijke zuilengalerij
staat op instorten. Schietstoelen redden vliegers van neerstortende F
15 straaljagers. Ver weg, landt de eerste mens op de maan.

In de lintjesregen

Haar leven lang blijft Bette rijksambtenaar. Ze is gelukkig met haar werk, dat op mensen is gericht en zich achter de schermen voltrekt. Aan ophef, vertoon, kunstjes heeft ze geen behoefte. Het toneelgordijn moet op tijd worden neergelaten. Soms ervaart ze de ambtelijke wereld als een wespennest, vol intriges, ego's en verterende ambities.(Zonder ooit deze woorden zelf te gebruiken.) Ze heeft Kafka gelezen, weet hoe processen zich onafwendbaar afrollen. Hoe machinaties in de bovenwereld doorwerken naar beneden (in de vertrekken van de dienstmeisjes) en verhalen een eigen leven leiden. Hoe geruchten niet zijn te verifiëren, maar vleugels krijgen als angsten zich roeren. Ze kent het labyrint, verdwalen doet ze niet. Bette houdt zich bezig met onderwijs, renteloze voorschotten voor studenten, met jeugdzorg en vrije tijdsbesteding. Ze zit rechtop achter het bureau, schrijft nota's over amateuristische kunstbeoefening, ervan overtuigd dat de zin voor kunst daarmee is gediend. Ze legt haar pen neer, bespreekt haar idee met haar collega in de werkkamer, herleest haar tekst. Even denkt ze dat de letters instemmend dansen, lacht om haar verzinsel? Als de arbeider zich geen zorgen hoeft te maken over zijn boterham, zijn fiets, zijn huis, is zijn geest aan de beurt. Hij zal beter kunnen nadenken, van schoonheid en kunst genieten. Hij zal een edeler mens worden, zijn inkomen besteden aan immateriële genoegens. Ze is niet de enige die zo idealistisch denkt. De hele beweging van het socialisme is erop gebaseerd. Onvermoeibaar schrijft ze door. Vaak moet ze bij thuiskomst glimlachen om de malle fratsen, het hanengedrag, het spel en de sluwheid van de heren. Ze houdt ten slotte van theater en komedie. Elke week is er wel een scene, die haar mild stemt. Straks neemt ze de neefjes en nichtjes mee naar circus Boltini en haar dag is al weer goed.

Het is een verrassing, een blijk van waardering. Het is niets voor Bette. Het blijft het geheim. Weigeren is bruuskeren. Dat ligt niet in haar aard. Op een dag krijgt ze een Koninklijke onderscheiding, wordt ze geridderd. Voor jaren lange trouwe dienst, maar ook omdat de collega's hebben ontdekt welk een ongewone vrouw ze in hun midden hebben. Bijna onopgemerkt is ze aanwezig bij de uitreiking van de onderscheiding, stil glimlachend om alle uren achter het bureau, om het ambtelijk leventje van alledag. Wie kent dit absurde wereldje van hiërarchie, conformisme, kleingeestig gedrag? Wie begrijpt dit wereldje die er zelf nooit gewerkt heeft, tenzij hij de boeken van A. Alberts heeft gelezen? Hij schrijft laconiek, droog, ambtelijk. Alberts is een milde uitgave van ter Braak, een beetje zoals haar eigen laconieke broer. Zelf schrijft ze brieven en op reis ansichtkaarten. Het verdrijft haar eenzaamheid, scherpt haar geest. Zal zij ooit haar ambtelijke belevenissen op papier zetten en voor een prijs in aanmerking worden gebracht, de prijs van de grote deemoed?

Het plan voor een vijver ligt op tafel. Dat is het begin. Spoedig zal er een vijver zijn. Dat is het plan. Als het plan wordt uitgevoerd, is de vijver gegraven. De vijver is rond. Volgens plan. De vijver zal met een steen worden ingewijd. Nu moet er een steen gezocht. Iemand zal een steen moeten vinden. Als de steen gevonden is, werpt iemand de steen in de vijver. De steen is in de vijver geworpen. Niemand weet of er een steen in de vijver is geworpen.

De bom

De inslag van een bom. Zand stuift op, steentjes vliegen in het rond. Een diep gat, een krater. Ik hoor het uit de tweede hand. In een twistgesprek ontzegt mijn vader Bette de toegang tot het huis. Ik bel haar, zoek haar op. Ze is rustig, wil er niet over praten. Het is een gesprek over opvoeding, grenzen en gezag. Het vindt plaats in het begin van de jaren zestig, wanneer de maatschappelijke verhoudingen onder druk staan. De zuilen storten in onder de aanstormende democratiseringsgolf en de seksuele revolutie. Geen enkel gezin blijft gespaard, geen enkele familie kan zich afsluiten voor de buitenwereld. Het maatschappelijk geraas is luid en vaagt alle nuances weg. De waarheid is op drift voor wie gelooft in één waarheid. De dijken breken. De vernieuwingsgolf baant zich een weg door het vlakke polderlandschap van de jaren vijftig. Nu worden zekerheden en waarden ondergraven. Dat is de maatschappelijke context, waarin het gesprek vleugels krijgt en eindigt in een teken op de deur. De breuk is onredelijk, begrijpelijk en absurd. Lang heeft er ondergronds een brand gewoed, nu slaat de veenbrand uit en jaagt de wind het vuur op. Jaren lang hebben mijn vader en Bette elkaars opvattingen bestreden, maar ook bewust toegedekt om verdeeldheid in huis te vermijden. Zijn huis. Negen kinderen, vaak twee vrouwen, zijn huis? Langzaam groeien de opvattingen verder uit elkaar. De verzuilde samenleving brengt verstarring in de eigen groep teweeg. Binnen elke zuil wordt te pas en te onpas hetzelfde verhaal verteld, een ritueel dat de waarheid van het eigen gelijk bezegelt. Is de verzuiling oorspronkelijk een poging om de diversiteit te beschermen en onafhankelijkheid in eigen kring te bewaren, in de praktijk keren de verzuilde groepen zich naar binnen. Het leidt tot spiegelgevechten en doet de werkelijkheid geweld aan. Verstarring en verharding gaan hand in hand, gelijk en

ongelijk, emotie en verstand raken verward. In de veenbrand
verschroeit het vertrouwen. De spanningen lopen hoger op. De deur
valt in het slot.

*Over de jaren zestig hangt een schaduw. Hij rijdt met je mee, waar
je ook gaat. De slagschaduw van het oorlogsgeweld. Over bijna elk
gesprek hangt de schaduw van de dood in het rijstveld. Stop. Elke
dag zijn er de zwarte letters van de onverborgen oorlog. Elke dag
zijn er de oorlogsverminkten. Eerst dringt het nog niet door, lijkt het
ver weg. Elke dag is het in het nieuws. Het sluipt het hoofd binnen.
Vietnam, Vietnam, Vietnam. De Mekong rivier. Stop. Waar je ook
gaat, schuift de schaduw aan. Gesprek van de dag, van de nacht.
Gesprek van het geweten. Bij landwind spoelen de kwallen aan het
strand. Stop. Wat te doen? Wat te zeggen? Wat te laten? Stop.
Medeplichtig? Vuile handen? Kwaad geweten? Vietnam. Vietnam,
Vietnam. Oorlog, kleine oorlog, non-oorlog. Burgeroorlog. Stop.
Het Witte Huis, woning van officiële leugens, bedrog, valse
voorlichting. Machinaties in het Pentagon, het Rand Instituut.
Protesten, knuppels, traangas op straat. Stop. Vietnam, Vietnam,
Vietnam. Dorpen in brand. Napalmbommen. Stop. Uitgelokte
incidenten. Grootscheepse bombardementen. Ontbladering van
bossen. Stop. Oorlogsmisdaden, My Lai. Stop. Johnson,
moordenaar. Het naakte napalm meisje, op de voorpagina.(Weet je
nog: het meisje tussen de half open deuren van de spoorwagon?)
Stop. Vietnam, Vietnam, Vietnam. Sit ins in de Amerikaanse steden.
Dienstweigeraars naar Zweden. Demonstraties. Stop. Systematische
leugens onthuld, de Pentagon Papers in de New York Times. Een
olievlek. Vietnam, Vietnam, Cambodja. Stop. Anti-Vietnam
betogingen over heel de wereld. Watergate inbraken. Impeachment.
Aftreden van de president. Stop. Zeven maanden later, einde van de*

oorlog. Stop. Stop. Stop. De slagschaduw van de verschrikkelijke dood sterft. Rest nog de medaille van het Medisch Comité Vietnam in onze handen.

Alsof het gevecht......

De jaren verstrijken, Bette wordt ouder, blijft vitaal en opgewekt, steeds vol plannen. Er is iets geknakt. Ik zie het, weet het. Ze is gekneusd, vertrouwen is geschonden, de flarden van het verleden wapperen zinloos heen en weer. Het is wrang, bitter, onverdiend. Alsof het gevecht om integriteit en authenticiteit vergeefs is geweest. De breuk is absurd en onwerkelijk. Met de tijd worden muren geslecht, nieuwe openingen gemaakt, groeien kinderen op in welvaart, met een andere waardering van geld, luxe en techniek. De tijden veranderen, gedachten en emoties blijven steken. Ideeën uit de negentiende eeuw botsen op de werkelijkheid van de twintigste eeuw. De strijd om het gelijk is gestreden, de argumenten en waarden hebben aan betekenis ingeboet. Het is of men zich er niet meer om bekommert. De breuk is al een anachronisme bij zijn ontstaan, ingehaald door de realiteit en steeds vreemder om te begrijpen. Is er ooit wel zo'n gesprek geweest? Is er misschien een vergissing in het spel? Heeft men de ander misverstaan zoals wanneer je door de woestijn rijdt en schelpen vindt uit de tijd dat er ter plekke nog een oceaan was. Hapert het geheugen? Maar naarmate de verwijdering langer duurt, lijkt de breuk onherroepelijk ook al houdt Bette contact. Vroeger was alles anders, vroeger is verleden, vroeger is voorgoed voorbij. Nu rijden de mensen in de auto naar het werk, dragen mannen geen stropdas meer, roken vrouwen een sigaret op straat. Nu spreekt iedereen zijn woordje mee, is medezeggenschap in wetten vastgelegd. De zuilen verdwijnen, de secularisatie breekt door. Kerkgebouwen raken in verval. Op zondag bedrijft men sport of bezoekt een museum. Bette wil niet in onmin leven. Dat is het allerlaatste. Ze behoudt haar kracht, lenigheid van geest, haar dagelijkse soepelheid, haar integriteit staat buiten kijf. Bette koopt weer bloemen voor het weekend en zet ze in een vaas op tafel. Witte chrysanten? Ze schrijft weer brieven aan neven en nichten, koopt en verstuurt cadeautjes. Ze leest en lacht weer breeduit. Al heeft ze haar pieremachochel al jaren geleden verkocht, ze roeit vaardig en bekwaam mee op de stroom van veranderingen. Ze herkent in de Provobeweging sporen van Epicurus en zijn tuin, de antirepubliek. Sprankeltjes hoop, glittertjes plezier.

De trein rijdt langzaam. Het traject is lastig. Veel bochten, steeds meer bochten. Het terrein wordt bergachtig, de hellingen steiler. De locomotief blaast stoom, verdwijnt om de bocht, wordt weer zichtbaar. Er zijn veel passagiers aan boord. Sommigen lezen de krant anderen slapen, het hoofd tegen hun jas. Weer anderen kijken uit het raam. Niemand hoort het. Met een ruk staat de trein stil, ontspoort. Deuren vliegen open. Mensen rennen naar buiten. Bette schrikt op, ziet de ravage. Ze stapt uit, loopt langs het spoor, de wagons op hun kant. Het wordt nooit meer zoals vroeger – vóór het ongeluk.

Een nieuwe lente

Bette houdt niet van grote feesten en partijen, niet van een rol op het toneel. De coulissen of de plek van de souffleur hebben haar voorkeur. Maar ze onttrekt zich niet aan sociale evenementen. Zo is Bette aanwezig op mijn trouwdag (1965), ongemerkt en onopgemerkt, op geen foto te bekennen. Ik ga werken bij een departement, ga op reis. De reizen maken vrij, zijn stof voor gesprekjes. Bette glimt van nieuwsgierigheid. Zij zal de landen buiten Europa, de Noordafrikaanse kust niet meer bereizen; ze vindt het niet nodig zo ver te gaan als ik het voor haar doe. Ze luistert met mijn oren, ik voel met haar handen, ik kijk met onze ogen naar de mensen op straat, in de winkel, op weg naar de moskee. Hoe de huizen en de markten, de straten en de medina's, de soukhs er uit zien, hoe de mensen gekleed gaan, muziek maken en zich in leven houden. En ik vertel van het diner in een paleis van de Marokkaanse koning die op de vlucht is; van de armoede achter het Hilton hotel, de bedelaars die ik niet ontwijken kan. Het verbaast haar niet, het verontrust haar wel. Onze vriendschap gedijt, krijgt vleugels en wiekt over alle dagen van onze kleine wereld. Ze verwelkomt de kinderen die in mijn gezin worden geboren. Elke week komt ze aan huis, de kinderen kijken naar haar uit en zij naar de kinderen. Met haar is het gezin compleet. Het houdt haar jong, geestelijk blijft ze fit. Wanneer ze op bezoek komt, schikt ze zich in alles op één ding na en dat is de parkiet die vrij rond vliegt door de hoge kamers en verscholen zit in een kamerplant. Een parkiet die onze namen zegt en ook Bette roept. Een parkiet die rafels pikt uit de bladmuziek op de piano, aan mijn bril hangt of meedanst op mijn handen over de pianotoetsen. Een geelgroene parkiet die onverwacht begint rond te fladderen, haar schrik aan jaagt en mogelijk in haar haren geraakt. Voordat de voordeur opengaat en Bette haar jas op hangt aan de kapstok, wordt de parkiet in de kooi geborgen. Bette pakt haar tas uit, leest de krant of breit, luistert naar de schoolverhalen, leest voor uit een sprookjesboek. Ze blijft thuis als wij met vakantie gaan – ze gaat niet mee, niet echt. Maar we pakken de oude gewoonte op, die ik in Parijs begon, het versturen van ansichtkaarten. Het wordt een lange reeks, een guirlande die zich door Frankrijk slingert, altijd weer nieuwe ansichten, vergezichten, doorkijkjes, luchtfoto's en detailbeelden. Elk jaar weer, ansichtkaarten uit de Bourgogne, de Cevennes, de Dordogne, Touraine, Bretagne. Afbeeldingen van gotische kathedralen, romaanse dorpskerkjes, waterputten, grazende schapen, schaduwrijke platanen, klimop begroeide muurtjes, heiligenbeelden in het halfduister, standbeelden op pleintjes. En foto's van kampeerplaatsen. Ik denk aan de vakanties die ze vroeger organiseerde, de fietstochten, de wandelingen, onze gesprekjes. We schrijven, kopen postzegels, zoeken een postkantoor, haar adres en postcode kennen we uit ons hoofd. Zo blijft ze thuis, maar volgt ons op de voet, zo bloeit ze op, zo onmisbaar is haar glimlach uit de verte. Thuis gekomen laten we foto's ontwikkelen en komt ze langs om ze te bekijken. Ze vraagt naar de plek, hoe het stadje heet, de naam van de rivier met de brug. Bette herkent de straatjes, de waterput en de kerkjes, de platanen en de stadspoort. Op haar eigen reizen met vriendinnen fotografeert ze markten, pleintjes, gebouwen, boerderijen, bruggen, riviertjes, kerken, ja kathedralen, albums vol Frankrijk. Langzamerhand kunnen we niet meer uit elkaar houden of wij het waren of dat zij het was daar op het marktplein, beneden aan de rivier, bij het voorportaal van de kathedraal, daar achter die hoge vuilnisbakken onder het poortje. Heeft Bette die espadrilles gekocht, die ketting van zonnebloempitten geregen, die kastanjes gepoft in het smeulend vuurtje? De politiek raakt net als de grote stad op de achtergrond. Het gekabbel van de rivier langs het kampeerterrein, het gebeier van het dorpsklokje tijdens de vakantie, het geroep van de kinderen in de speeltuin overstemmen het gekrakeel van de grote politiek. De ansichtkaart slokt de tijd op.

Het land is nu totaal verkaveld. De Randstad verstikt in eigen welvaart, de randprovincies kalven economisch af. Door heel het land ligt een aardgasleidingnet. Keukenfornuizen zijn omgebouwd. In woonhuizen en flats stookt men de centrale verwarming. De steenkoolmijnen in zuid-Limburg worden gesloten. De economie draait op olie en aardgas. De oliesjeiks verrijken zich en zenden hun grillen door de wereldeconomie. De autoloze zondag en het sluiten van gordijnen zijn de tekenen van shock en politieke paniek tijdens de energiecrisis in 1972. De wol- en textielindustrieën storten in, gevolgd door de aardappelmeelfabricage en de scheepsbouw. Men stuurt textielstoffen naar goedkope ateliers overzee, naar Mediterrane landen. Nieuwe zeeschepen glijden van Koreaanse werven. Na een korte opflakkering in Oost-Groningen, verliezen de vakbonden terrein en aanzien, macht. Ze strijden tegen de bierkaai, de invoering van nieuwe technologie, automatisering en de computer, die nog nauwelijks meer is dan een calculator. De witte boorden maatschappij is in wording. De communistische partij legt het loodje, gaat op in andere linkse partijen. De universiteiten barsten uit hun voegen, dankzij de beurzen en de renteloze voorschotten vloeien de studenten toe. Intellect hoopt zich op, zoekt een uitweg. Het middelbaar onderwijs zet al vroeg de vernieuwing in met de invoering van de Mammoetwet, een wiegendood? De werkelijkheid is een hoge drukvat, repressie het drukmiddel. Het ventiel zit verstopt, moet nodig worden doorgeblazen.

Ver weg en dichtbij

De (fluwelen) revolutie van het jaar 1968 ebt weg, de democratisering zet door, de welvaart verspreidt zich, onze vriendschap bloeit. De veranderingen ontgaan Bette niet ondanks de schaduw van Vietnam. Het straatleven wordt drukker, kleuriger en levendig. De rem is er af, men gedraagt zich vrijer, spontaan, ontspannen. Het is of er meer gelachen wordt. Men voert ook actie, staakt, kraakt huizen, demonstreert. Dacht men vroeger nog de toekomst als een massamaatschappij, nu steekt het ware individualisme de kop op. Het is tijd van de homo ludens, van experimenten in de politiek, op het toneel, van nieuwe samenlevingsvormen. Bette ziet het vanuit de zaal, het raam, van een afstand. In mode en vrije tijd breekt persoonlijke smaak zich baan. Talent, oorspronkelijkheid en creativiteit maken hun rondedans. De bomen groeien tot in de hemel – de hemel die men heeft afgeschaft of op aarde gebracht. Bette kijkt het aan, glimlacht om de los

145

gebarsten speelsheid van jonge mensen, om hun wilde ideeën, hun plannen en vertrouwen in de toekomst. Ze zal wel denken, het zijn jonge honden, die blaffen, opspringen en dollen met elkaar, vrij en wild, onbezonnen, uitgelaten om het leven. Zelf blijft Bette gewoon komen met de tram, een taxi neemt ze alleen in geval van nood. Ze is royaal en trakteert. We zitten samen op een terrasje aan de boulevard of in Meyendel, de kinderen eten pannenkoeken. De kinderen weten van niets. Ze draagt haar ruitjesblouses en jurken, kleuriger, vrolijker dan vroeger? Maar Oost en West verstarren zijn aaneengeklonken als twee Maagdenburger bollen. Niemand kan zich voorstellen dat het IJzeren Gordijn nog ooit zal worden opgetrokken. Zo zal het voortaan in Europa blijven, vreedzame co-existentie heet het naast elkaar bestaan, dat kort geleden ondenkbaar was. De ideologische strijd luwt, ingehaald door de werkelijkheid. Over en weer zijn er menselijke contacten. Er ontstaat een stille overtuiging dat met de tijd de ideologische systemen naar elkaar zullen groeien, de mensen zich zullen verzoenen met de werkelijkheid. Revoluties raken uit de tijd, de welvaart in Oost en West zal de verschillen wegspoelen, misschien zal de verdraagzaamheid wel groter worden. Ervaart Bette voldoening van haar strijd, inzet, zorg nu ze ziet hoe snel het leven om haar heen verandert, snel maar anders dan ze ooit gedacht heeft? Bette fietst zwieriger om de wind in haar haren en gezicht te voelen. Ze verzamelt steeds weer neven en nichtjes om zich heen om het concert van de nieuwe tijd goed te horen. Beginnen er betere tijden, waarnaar ze verlangd heeft, in alle bescheidenheid doende wat gedaan moest worden? Bette laat zich er niet over uit. Steeds zie ik haar glimlach, uitdrukking van begrip en verwondering, die nooit vermindert maar aanspoort. Ze weet maar al te goed dat, terwijl in het westen de welvaartsstaat bloeit, het aantal dictaturen zich uitbreidt in de Derde wereld. Dat revolutionairen van

146

het eerste uur zich daar ontpoppen als dictators, dieven, onderdrukkers van eigen volk of worden verdreven door lieden van eenzelfde garnituur. De economische chaos, de generaalscoup, de massamoord in Indonesië doen nog het meeste pijn, terugdenkend aan Multatuli, aan de eindeloze gesprekken om Insulinde, de gordel van smaragd, de roep om vrijheid, Merdeka. Pijnlijk getroffen is ze, teleurgesteld, maar niet gedesillusioneerd, daarvoor is ze teveel geëngageerd met het lot van haar medemens, te nuchter ook. Hoe pijnlijk, haar uitspraak uit 1946 blijft van kracht, steeds haar dagelijks devies, vermengd nu met de wijsheid van-haar leeftijd, haar levenservaring, de vriendschap die zwakheden accepteert. Via de TV komt ook het dagelijks leven van de armen haar appartement binnen zo goed als ook de oorlog in Biafra, Vietnam. De onmacht delen, veel verder komen we niet, al zijn haar strijdbaarheid en gevoel voor rechtvaardigheid niet geluwd.

Haar oog voor het kleine, het niet-spectaculaire van alledag, haar gevoel voor verdriet, haar Boeddhistisch mededogen stellen haar in staat zoals ze het noemt haar kleine plicht te doen in kleine kring, in liefde. Zo komt Bette langs voor de kinderen, die van dit al geen weet hebben, wel de warmte van haar aanwezigheid voelen, de cadeautjes uitpakken, dichtbij haar gaan zitten, luisteren naar haar verhalen. Ze houdt ervan dat ik vertel over de Veenkoloniën, waar haar familie vandaan komt. Ze bewaart er goede herinneringen. Ik lees haar voor uit 'Weerwerk' van de dichter Bert Schierbeek, over de molen van Schiphoes in Beerta, van waar je de hele wereld ziet, van Winschoten, Wedde tot Nieuweschans. Bette glimlacht om deze laconieke grootspraak, dit understatement van de dichter die ook in het kleine de grote wereld weerspiegeld ziet. Ze herkent de melancholie en de waardering voor het leven van alledag. De

147

herinneringen aan het land van herkomst geven rust, geborgenheid en vrede met het eigen bestaan van nu, dat hemelsbreed verschilt met het verstilde vroeger. Schierbeek helpt een handje door zijn onweerstaanbare, Groningse nuchterheid, die ze nog van vroeger kent. Haar glimlach loopt over in verlegen blijheid. Ik breng haar na het bezoek naar de bushalte, ik kus haar, zwaai haar na. Bette zwaait terug, de stille, kleine vrouw achter het busraampje, de vrouw met het ongebroken aardse gevoel, de ferme keuze voor de zwakken in de samenleving. Straks gaat ze weer alleen de trap op, haar flat binnen, puft ze nog even uit voordat ze naar bed gaat. In gedachten sta ik nog altijd naar haar te zwaaien.

Haar departement verhuist naar Rijswijk. Hoge gebouwen in de wei, tussen rotondes en viaducten. Stille giraffen, Rodenko? Bette moet verder fietsen, terwijl ze ouder wordt, tegen de zestig loopt. Er staat altijd wind, tegenwind. Haar oor suist, ontsteekt, doet verschrikkelijk pijn. Ook al wil ze sneller de pedalen draaien, het trappen valt haar zwaar. In de hal laat ze haar identiteitspasje zien aan de portier in het glazen hokje. Hij knikt afwezig, geen teken van herkenning. Ze neemt de lift. Niemand groet, ijzige stilte in de schietstoel, nog steeds niemand die haar kent? De verdiepingen en de kamers zijn genummerd, naamplaatjes hangen naast de altijd openstaande deur. Niet de vloer kraakt, maar de hele overheid groeit uit zijn voegen en begint vervaarlijk te kraken. Alle kamers zijn eender, alle vertrekken identiek gestoffeerd en ingericht. Stalen bureau en kast, stalen zitje, vloerkleed van grijze kunststof, onverslijtbaar. Vergaderzalen groot, identiek, genummerd, in de gangen en de lift richtingbordjes. Sommige ambtenaren zijn niet meer te onderscheiden van de mensen op straat. Aan de muur gesubsidieerde kunst, schilderijen uit de contraprestatie, uit de kelders, de krochten van de nieuwe departementen, mastodonten op lemen voeten. Het hele kantoor, elke ambtenaar van hoog tot laag, ademt dezelfde lucht, dezelfde ziektekiemen, dezelfde, valse temperatuur via de ingebouwde, zelden gereinigde luchtkanalen. De interne zonneschermen gaan automatisch omhoog, omlaag met de instraling van het zonlicht. Buiten jaagt de Hollandse hemel voorbij, wolken, blauw, buien, wind. Geen raam kan open, geen vlaggenstok uitgestoken. De kelder herbergt een parkeerplaats voor auto's van bezoekers en personeel, achteraf in een hoek de fietsenrekken. Naast de ideeënbus ter verbetering van de leefomgeving wordt een klachtencommissie ingesteld. Men drinkt koffie uit de automaat aan de muur. De kantine beslaat een hele verdieping en biedt kant-en-klaar maaltijden. Bijna alles is geregeld, als het dan per sé moet, nu ook de buitenwereld nog.

Ze is van een onvoorstelbare moderniteit

Nog steeds valt ze niet op, nog steeds schrijft ze brieven, doet ze pakjes op de brievenbus, steunt ze acties om liefdadigheid. Ze onderhoudt een fijn gesponnen netwerk, dat zij alleen kent, met alle neven en nichten, met vriendinnen en oud-collega's. Het geeft haar gazen vleugels als van een libel om even op te stijgen, over het water te scheren en te kijken naar al het gewemel om haar heen. Ze is van een onvoorstelbare moderniteit, van een ongelooflijke, verstilde tederheid. Een gesprekje met haar is telkens weer bevrijdend, losjes en vanzelfsprekend, begripvol voor de emoties, die je toont of verborgen houdt. Maar, het werken op kantoor, hoe graag en overtuigd ze het ook doet, valt minder gemakkelijk, om niet te zeggen, zwaar. Bette begint kleiner te worden, houdt op met werken, gaat met pensioen. Natuurlijk is ze vaker thuis en heeft ze nog meer tijd voor andere mensen. Voor zich zelf heeft ze weinig nodig, ze koopt geen auto, geen groter huis, gaat niet op wereldreis of op safari. Bette blijft sober, dichtbij huis, kookt voor zich zelf en doet de was. Ze helpt een buurvrouw in de flat. Als ze bij ons komt, brengt ze cake, koekjes, de krant en een tijdschrift mee. En niet te vergeten, de kleine verhalen. Na het bezoek rijd ik haar in de late avond naar huis totdat we verhuizen naar den Haag, bij haar in de buurt. Bette en mijn vrouw delen ideeën, gevoelens, een kijk op mensen, op het leven. De kinderen gaan bij haar spelen, tekeningen maken aan de tafel bij het raam. In de winter schaatsen ze over de bevroren straat naar haar toe. Ze gaat mee naar de dierentuin, de duinen en het vakantiehuisje aan het strand bij Ouddorp. Bette loopt nog steeds vlugger dan wij allemaal. Ze maakt snelheid, zuiver voor het plezier. Haar geluk verjongt zich. Ze komt op verjaardagen en feestdagen, altijd weer bijna onzichtbaar; ze is er elke week een keer of soms wel meer. De kinderen kennen haar plaatsje, kijken langs haar benen op en zien haar glimlachend gezicht. Bette zit op het puntje van de bank alsof ze net als vroeger weer gaat helpen in het huishouden, onderweg is of weg gaat, niet wil storen. Vooral dat laatste wil ze niet. Ik ga na het kantoorwerk vaker bij haar langs nu ze meer uren voor zich zelf heeft. En altijd is het gesprek levendig, hoe kort ook. Ze heeft dit boek gelezen, is naar die tentoonstelling geweest, ze gaat volgende week naar haar geliefde Frankrijk. Ze luistert naar de radio, leest de krant, gaat naar het museum. Bette is op de hoogte, het gesprek dwaalt niet terug naar vroeger, het blijft actueel hoe de wereld ook raast en tolt om zijn as. Maar op een dag zie ik het. Ze is bleker, magerder. Ze wordt moe, gaat eerder zitten op een stoel. Ze bezoekt de dokter. In het ziekenhuis stellen ze de diagnose kanker. Bette wordt geopereerd. Ze weert zich, blijft langs komen en bezoek ontvangen, maar ze koopt geen nieuwe jas meer, draagt de oude af. Ze gaat naar musea, geniet van de kunstwerken en laat de kinderen bij zich spelen. Dankzij alle contacten met vriendinnen en wie ze ook maar opzoekt, opbelt, pakjes stuurt of alleen brieven schrijft dankzij haar betrokkenheid bij de politiek, de maatschappij, de kunst, bij alle kleine, dagelijkse gebeurtenissen houdt ze de ziekte nog een tijdje in bedwang. Maar geleidelijk vermagert ze. Haar voetstappen in de gang klinken minder snel. Haar passen worden kleiner, ze laat de fiets in de kelder staan, ze gaat langzamer de trap op en moet wachten op het overloopje. Ze zet even de boodschappen op de grond om op adem te komen, pakt ze weer op en hijgt wanneer ze de sleutel in het slot steekt. Als ik haar opzoek in het appartement en ze me open doet, ziet ze bleek, is buiten adem en pas als we samen binnen zijn, de deur dicht is, aan tafel zitten en ik de thee maak en inschenk, komt langzaam de kleur in haar gezicht terug. Ze glimlacht steeds, ze weet dat de dingen soms haar krachten te boven gaan. De uren zijn kostbaar, de uren zijn stil. Hoe moet het verder? Ik luister en praat, durf niet weg te gaan. Bette ziet het. 'Ga maar' zegt ze en ik ga. Ik hoor hoe ze zacht de deur met twee handen in het slot duwt. Dan is het stil.

De Beatles verdringen de jazz van Michiel de Ruiter op de zaterdagmiddag. Zij gidsen de jeugd naar massaconcerten. Meisjes vallen flauw, jongens zwaaien hun hemd boven het hoofd. De jeugd verovert de straat, de bioscoop, de mode, de muziek. De tienercultuur ontstaat. Bromfietsen vervangen de fiets. Turks fruit is de oudste vrucht, die nu volop wordt geproefd. Men eet uit de muur, rookt marihuana, een strootje, weed of sterker gebruikt LSD, cocaïne. Na de Beatles komt de classic rock, pop en funk. Flower Power in California bloeit op, beatniks schrijven nieuwe poëzie

151

terwijl Washington de bossen in Vietnam ontbladert. Dominee King is vermoord zo ook president JFK en Robert Kennedy. In Praag begint in 1968 met Dubcek een nieuwe lente, een nieuw geluid dat socialisme met een menselijk gezicht wordt genoemd. Slechts voor kort, een paar maanden. In Parijs breekt de revolutie uit. Arbeiders en studenten verenigen zich. De verbeelding aan de macht, staat in graffiti op de muren. In Amsterdam bezetten studenten het Maagdenhuis van waar de democratiseringsgolf over het land en de universiteiten spoelt. Men rijdt op een witte fiets, in wit pak. Men heeft lang haar – zoals ook de regenten in de Gouden Eeuw. Het gezag valt van zijn voetstuk. In een brede stroom van weelde en optimisme, wordt welvaart gemeengoed en een goed recht. In de onderstroom golven migranten uit de Mediterrane wereld binnen. Gastarbeiders uit Italië, Spanje, Portugal en later Turkije en Marokko bevolken de nog overgebleven fabrieken en de tuinderkassen. Ze doen het vuile werk, de witte boorden zijn autochtoon. De massarecreatie neemt de Mediterrane stranden in bezit. Weet je nog, alles wordt anders, heb je al vroeg tegen me gezegd.

Een wandelingetje door het park

Bette verhuist naar een tijdelijk verzorgingsadres, een groot appartementen complex met een aangrenzend park, een gazon, hoge bomen en bewoners die onzichtbaar zijn. Ze blijft er kort zonder de bewoners te leren kennen. Hier leeft men op zich zelf, op weg naar het einde. Hier kom je niemand meer tegen. Dat is voorbij. Hier begint het eigen pad, de doodlopende weg. Wanneer ik met het gezin haar opzoek, wil ze naar buiten, een wandelingetje maken. Ze wil nog niemand los laten. Ze zegt dat ze nog ver moet. Het is vroeg in het najaar en met een jas aan, een wandelstok een ommetje lopen dat ze nog graag onderneemt met iemand die op haar wacht en helpen kan als het nodig is om een zitbankje te vinden en haar te ondersteunen als de kracht in haar lichaam begint af te nemen en een pauze nodig is om de rondgang te voltooien, haar te vergezellen in de lift naar boven, haar tijdelijke kamer. Bette klaagt niet, ze is stil. Bette loopt langzaam, bijna behoedzaam tussen mijn vrouw en kinderen in, spaart haar energie, ademt rustig en regelmatig om in een ritme te komen, dat haar verzekert van een veilige gang over het pad dat tussen het wijde gazon en de donkere border met planten en varens zich als het ware om een groene vijver slingert. Ik mag haar nog geen arm geven, wat ook nog niet goed mogelijk is, omdat ze in de rechterhand haar stok houdt en in de linker een schepje dat ze in een onbewaakt moment heeft opgescharreld uit een hoge houten kist voor tuingereedschap aan het begin van het pad. Het is haar pad, haar ommetje. Ik loop aan de linkerkant, schuin achter haar, dan weer naast haar om te kijken hoe ze zich houdt, het gezicht in een besliste uitdrukking van totale inzet, bijna onverzettelijkheid tegen de opkomende golf van vermoeidheid, die vanuit haar benen opstijgt naar haar ingevallen bovenlijf. Mijn vrouw en kinderen lopen langzaam soms even omkijkend voor haar uit, voelen feilloos aan of Bette het bij beent of dat ze nog wat langzamerhand moeten gaan. Onzichtbare draden verbinden ons met Bette. Wanneer ik na een tijdje mijn hand voorzichtig door haar arm steek, voel ik de pijnscheut door haar botten gaan, maar ze geeft geen krimp dankzij de plicht die zij haar leven lang beoefend heeft, zelfdiscipline, haar sterkstee deugd. Dat beheerste, onverstoorbare waardoor ze niet opvalt. Bette staat stil en ademt dieper, terwijl het bloed nu bijna geheel uit haar gezicht lijkt weg getrokken, zo doorschijnend is haar huid. Ze verzet geen voet meer in de richting van het zitbankje, maar zegt 'staan doet minder pijn.' Verzameld in dit magere, broze lijf heeft ze alle kracht die haar nog rest. Het schepje heb ik haar ontfutseld. Ze wil een paar planten uitscheppen om in een pot te zetten op haar kamer, planten die niet buiten kunnen overwinteren. Intussen staan mijn vrouw en de kinderen om haar heen. Ze horen bij elkaar. Een moment hoop ik dat dit zo blijft, prent ik me het beeld in mijn geheugen. Ik maak me los, stap in de border, steek het schepje in de aarde, woel de grond om en ik glijd uit als het houten handvat van het schepje breekt. Ik hoor haar zachtjes lachen, wanneer ik de plantjes met mijn handen uitgraaf. Bette bedankt en samen schuifelen we over het slingerpad – in de hoop dat het altijd zo zal blijven. Ze weet maar al te goed dat het levenspad met elke stap korter wordt.

Een laatste glimlach

Het is november 1980. Regen en wind, de bomen kaler, de straten leger en steeds vroeger wordt het donker. In de VS heeft Ronald Reagan, de vroegere filmster en nu Republikein, de presidentsverkiezingen gewonnen. Bette is bezorgd, niet om zich zelf maar om de wereld, de terugkeer van de ideologische retoriek, de hernieuwing van de wapenwedloop, de economische uitputtingsslag, die het Sovjetimperium op de knieën moet dwingen. Waar gaat het naartoe, vraagt ze verontrust, terwijl de ziekte haar lichaam sloopt. Ze blijft vragen wat er in de wereldpolitiek gebeurt. Mijn vrouw en ik zijn telkens weer verbaasd hoe geëngageerd ze is en blijft. Al maanden komt mijn vrouw bijna elke dag bij Bette langs, regelt iets, brengt wat mee, verzorgt contact met vriendinnen of familie, wanneer Bette het vraagt. Het contact tussen Bette en haar is inniger dan ooit. Bette blijft vragen hoe het met ieder van de kinderen gaat, elke dag weer. Niet zij zelf, maar altijd weer de ander. Niet haar narigheid, maar het geluk van ons, de ander. De herfst loopt ten einde, de winter is in aantocht, de kou dringt zich in het huis. Bette heeft sinds een paar weken een kamer op de eerste verdieping van een particulier verzorgingstehuis in den Haag, vlak om de hoek. Stoelen, een tafeltje, een groot kabinet, boeken, planten in het raamkozijn, gordijnen. Midden in de kamer staat een hoog bed. De meeste dagen waait en regent het. Bette weet dat het einde nadert, haar lichaam opbrandt, dat het afscheid in zicht komt. Ze wacht op haar jongste zus uit Parijs. Ze schort, voor zover het kan, het afscheid op. Soms leeft ze op zoals wanneer ze me aan mijn trouwdag herinnert. Op de avond van die dag wil ze dat wij drieën samen een wijntje drinken. De glazen staan in de kast, zegt ze. Bette zit rechtop in bed, kussens in de rug, mijn vrouw op een stoel ernaast. Ik open de kast, pak de glazen, maak ze schoon met een theedoek. De rode wijn, zegt ze, staat ook in de kast. Kijk daar en ze wijst met een magere hand naar de hoek. Ik buk me, zoek en stommel in de kast. Ik kijk links en rechts, stap op een stoel, steek mijn hoofd diep in de kast, glijd bijna van de stoel, geen fles te vinden. Onderin, op het vloertje staan haar schoenen op rij; in geen weken heeft ze meer schoenen gedragen; stevige wandel- schoenen met platte hak, die ze ook in huis soms aan heeft; onder haar bed liggen nieuwe, zachte sloffen maar ook die heeft ze al in geen dagen meer aan gehad. Ze zal ze niet meer dragen, de schoenen, de sloffen. Ze zal, denk ik, niet meer uit bed komen. Ik zoek verder op de onderste plank, rek me uit, sta op één been, reik naar de bovenste plank en stoot mijn hoofd. Ik hoor een onderdrukt lachje uit het hoge, witte bed. Ik draai me om, fles in de hand als een circusklant.

Ik zie Bettes glimlachend gezicht. Haar aarzelende glimlach - onsterfelijk. Wanneer ze weer is bijgekomen, drinken we op de vriendschap, op het leven. Ze zakt in de kussens weg. Nu komt mijn vrouw elke dag langs, soms meer malen, brengt de baby van acht maanden mee, doet op verzoek van Bette huiselijke klusjes. Bette glimlacht, praat steeds minder. Vooral de baby brengt weer leven en kleur in haar gezicht. De tijd kruipt en de tijd haast zich, maar ze schort het einde op. Ze wacht, spant zich tot het uiterste in te blijven tot ze afscheid nemen kan van haar jongste zus. Ze belt en praat over de dagen van nu en heel soms van vroeger. Haar 'oude' vriendinnen zijn haar tot troost, wanneer ze ontspannen vertelt wie ze door de telefoon gesproken heeft en hoe het deze of gene gaat. Er spreekt een grote verbondenheid uit met mensen, vrouwen die ik niet ken of een enkele keer heb ontmoet. Dat is wat telt, de vriendschap zoals blijkt in deze dagen van een laatste krachtsinspanning. Waar blijft haar zus uit Parijs? Ze schrijft afscheidsbrieven, waarin ze dankt voor de vriendschap in haar leven en vertelt van haar vreugde en ook haar eenzaamheid – brieven te openen straks voor wie ze bestemd zijn. Mensen komen en gaan. Vriendinnen, die nog goed ter been zijn, komen aan haar bed zitten. Ze delen nog eenmaal in Bettes levenskunst, haar onvoorwaardelijke vriendschap, luisteren naar wat zij nog zeggen wil. Eindelijk komt haar zus. Daar is ze. Op haar heeft ze gewacht. Haar krachten gespaard en verzameld om zus nog één keer te zien, te spreken, haar hand vast te houden. Alsof een bevrijding over haar komt, vrede met het einde van het leven in zicht, haar reis is voltooid. De laatste nacht, waarin ze onrustig woelt, waak ik aan haar bed. In de vroege ochtend van 17 november 1980 overlijdt Bette.

In de herfst verleppen de bloemen, vergeelt het gras. De bomen verkleuren schitterend, verliezen hun blad. Vogels vertrekken naar het zuiden behalve de zwarte kraaien en de kauwen, zij blijven achter. Zwart onderpand van de winter. Eekhoorntjes zwieren voor het laatst door de kale takken. Versobering voor de winterkou treedt in, de kou die het leven invriest, behoedt en uiteindelijk behoudt. Dat is de cyclus van de natuur. Ik weet het, je hebt het al eerder gezegd. Alles wordt anders. Het wintert. Alles zal anders worden. Kaal en leeg, het landschap, het leven. De aarde suist onverminderd door het heelal. Voor het einde, het afscheid heb je muziek uitgezocht. Aan het graf spreekt je broer over hoe het was, ooit, in het volle leven. Het werk in de tuin van Epicurus is ten einde.

Bette, kleiwerkje gemaakt door haar nichtje Ottilie.
(foto Femia Cools)

7. EPILOOG

Uit de nalatenschap van haar boeken

Uit haar kleine bibliotheek heb ik nog twee boekjes in de kast staan. 'Het Paradijs op Aarde' van de historicus Henri Baudet, een beetje gescheurd en beduimeld exemplaar, maar een juweeltje. Het is een onderwerp dat Bette aanspreekt. Het aardse paradijs, de tuin van Epicurus, de werkplaats van het bestaan. Baudet schrijft over de geesteshouding van de Europeaan tegenover de niet-westerse mens in de eeuwen na de grote ontdekkingsreizen. Van de nobele wilde (le bon sauvage), de neger, de indiaan, de moslim tot de verre Aziaat. Wat een plezier heeft ze niet in verhalen over andere volken, wat bladert ze niet graag in boeken met foto's van primitieve kunst. Als socialist voelt Bette zich hartstochtelijk betrokken bij het grote proces van de dekolonisatie na de Tweede Wereldoorlog. Ze praat bewogen over de vrijmaking van onderdrukte mensen, verklaart zich resoluut tegen oorlog, maar aanvaardt de bevrijdingsoorlog van de gekoloniseerde volkeren. Ze staat dichtbij Albert Camus, de opstandige mens. Zelf is ze alles behalve een wilde, maar voelt verwantschap met de nobele wilde van Rousseau zonder in romantiek te vervallen. Een verwantschap met Epicurus. Of, weer op een ander wijze gezegd, zoals Picasso zich heeft laten inspireren door Afrikaanse kunst en Gauguin zich door het idyllisch leven in de Stille Oceaan laat verleiden, zo zoekt zij in de maatschappij haar weg naar de noblesse en de eenvoud in haar medemens. Bette is in geen enkel opzicht een revolutionair, staat niet op de barricaden, houdt in wezen niet van ruzie of conflict, maar is wel standvastig en overtuigd. Zij is een voorbeeld van noblesse. Het andere boekje, dat ik van haar erf, heet 'Ik vergat nog iets te vertellen' van Ben Sijes; persoonlijke notities en herinneringen van een historicus die jaren lang werkte bij het Instituut voor Oorlogsdocumentatie. Zo'n titel is ook haar stijl van spreken – terloops, maar kernachtig over het leven van alledag in het Amsterdam dat ook Bette gekend, van mensen zoals Sijes in zijn boekje volgt. De oorlog en de vervolging van de Joden hebben haar destijds diep geraakt, haar overtuiging niet doen wankelen. Bette blijft haar leven lang de integriteit van gewone mensen verdedigen, op de bres staan voor een rechtvaardige wereld. Dat is haar houding, een vriendschap zoals zij aan de dag heeft gelegd voor de mensen om haar heen. In de brief aan haar broer van 22 oktober 1946 heeft ze zelf onverminderd meesterlijk gezegd hoe ze in het leven stond: "Wat een chaos in de wereld. Het eenige is, de kleine plicht met liefde te doen, iedere dag opnieuw in kleine kring."

Sur place

Alles wordt anders. Haar dagen zijn voorbij, al jaren zijn haar dagen voorbij. Ik heb nog die paar boeken van Bette in de kast staan. De gebreide sokken zijn versleten en weg gegooid. De trui is gekrompen in de was, verkleurd, weg gegeven. Het zilveren gekartelde fruitmesje en de blinkend metalen kurkentrekker zijn net als haar molières verdwenen. Ook haar fiets. Dat ding waarop ze door de straten reed, over de fietspaden, door de regen, door de nacht. Het ding in de stalling, het rek buiten voor de deur, in de vestibule of het fietsenhok beneden in het flatgebouw. Haar kunstwerk. Ze fietst. Nog steeds fietst ze voor me uit. Over het smalle pad naar de toekomst. Langs het pad staan hoge bomen op rij. De onbeweeglijke bomen van Mondriaan. De fiets staat stil. Sur place – in volkomen stilstand, volmaakte balans. Bette rijdt niet weg, komt niet dichter bij. Het waait noch regent. De lucht is grijs. Het pad is smal en lang en recht. Bette fietst de ruimte open. Ze rijdt rechte lijnen. Dwars door de ruimte. Bette rijdt haar fiets. Rechtop. Over het pad. Hier, daar, nu, straks.

Epicurus[2] is een Griekse filosoof uit de Oudheid die leeft van ca 341-270. Hij ziet het levenslicht op het Griekse eiland Samos in de Egeïsche zee. Van zijn ca. 300 geschriften zijn slechts her en der enkele teksten bewaard gebleven. Zijn aardse filosofie, de tegenpool van Plato's idealistische opvattingen, is vooral via zijn leerlingen overgeleverd en verspreid. Epicurus sticht in de buurt van het oude Athene een eigen school, de Tuin genoemd, waar hij in een gemeenschap van mannen, vrouwen en slaven zijn filosofie in de praktijk brengt. Het is een praktische filosofie, heidens, materialistisch en rationeel hedonistisch. Lichaam en ziel zijn onderling verbonden en één (niet dualistisch), ze sterven tezelfdertijd. Het leven kent geen transcendentale, alleen een immanente dimensie, het bestaan hier en nu. Epicurus spreekt van goed en verkeerd liever dan van Goed en Kwaad in de moralistische zin. In het leven gaat het erom lijden en pijn te voorkomen, te verminderen, te minimaliseren en zo de zin, het plezier, de lust in en het genieten van het leven te vergroten, te maximaliseren. Het streven is gericht op het verdrijven van angst - voor pijn, de dood, de goden - en het bereiken van gemoedsrust, innerlijke vrede, ataraxie ook wel vertaald als onverstoorbaarheid of beheerstheid. Wijsheid ligt in een verstandige en weloverwogen zelfdiscipline en matiging bij de omgang met natuurlijke en noodzakelijke levensbehoeften en lusten. De deugd is een balans tussen verstand en plezier. De discipline bestaat uit leven zonder vertoon, spreken om te kunnen zwijgen, onthullen om in de schaduw te kunnen blijven. Eenvoud, bescheidenheid en sereniteit zijn de ware kenmerken van een

---

[2] Deze tekst is o.a. geïnspireerd door het boekje 'Les Sagesses antiques' (contre-histoire de la philosophie) van Michel Onfray (zie achterin)

Epicureïsche levenswandel. Geluk is niet het doel van het leven, maar het gevolg van een dergelijke levenshouding. Het is, volgens Epicurus, niet zozeer zaak de wereld(orde) via de politiek te veranderen maar als mens te veranderen. Ataraxia is de kern van de levenskunst. Het draait in het leven ten slotte om vriendschap, waarin gelijkheid en gemeenschapszin tot uitdrukking komt. Vriendschap is de erkenning van de ander in zijn zelfstandigheid, zijn vrijheid en staat in wezen haaks op egoïsme. Loyale vriendschap en rechtvaardigheid stoelen beide op wederkerigheid en afspraak. Het zijn de coördinaten van het sociaal contract en de moraal. De Tuin van Epicurus is het laboratorium, de proefplaats, het praktisch model voor een leven in volwaardige genieting en vreugde.

Vandaag de dag geniet zijn wijsbegeerte weer belangstelling. Volgens de overlevering heeft Epicurus geen dochter. Dat is een vergissing. Bijna vijfendertig jaar lang leef ik in haar nabijheid. Ik groei op in haar schaduw, in de weldadige luwte van haar persoonlijkheid. Zij is de oudere zuster van mijn moeder, een uitzonderlijke, genereuze vrouw. Ik noem haar Bette. Ze leeft in de twintigste eeuw, te midden van heftige ideologische strijd, in een revolutionaire wereld onder grote politieke spanningen en nucleaire dreiging,. In haar dagelijks leven kiest ze in alle bescheidenheid en toewijding vriendschap tot bondgenoot. Dit boekje is een ode aan haar Epicureïsche levensstijl in de twintigste eeuw, een herinnering aan haar persoon.

Biografische gegevens over de periode dat ik Bette niet persoonlijk heb gekend. In dank ontvangen van neef Derk de Groot.

Elizabeth Engelina de Groot (in de familie Betsy genoemd en later door (achter) neven en nichten tante Bets) wordt geboren op 9 augustus 1905 te Rotterdam, ze gaat vanaf september 1911 eerst naar de lagere school aan de Schiedamse Singel, waar mejuffrouw Braam het hoofd is. De vierde en vijfde klas volgt zij aan de openbare lagere school aan de 's Gravendijkwal onder het hoofd mejuffrouw Pannekoek.

Vanaf september 1917 bezoekt ze de Middelbare Meisjes HBS aan de Witten de Withstraat. Daar is mejuffrouw Bakhuyzen van den Brink directrice. Leraressen zijn o.a. mej. Ir. J.C. Bal (wiskunde), mej. Lely, mej. Van Stockum en mej. Robbers (Engels). Eindexamen doet zij in 1923. Dat wordt met een diner gevierd bij de ouders van Mies van den Berg, haar vriendin en klasgenoot. Ook mej. Bal (Jo) is daarbij aanwezig. Deze Jo Bal heeft een huis in Laag Soeren, waar de klas ook logeerpartijen heeft. Tot op hoge leeftijd heeft deze klas reünies gehouden.

In 1925 doet ze een aanvullend Staatsexamen. In de zomer van 1925 gaat zij voor het eerst naar de familie Maroger in Parijs. In 1926 begint zij met haar studie Frans in Amsterdam en betrekt zij een kamer in de Jacob Obrechtstraat 71, bij mej. Bauer, de zuster van Marius Bauer, graficus, schilder en journalist. Op 8 september 1927 gaat zij samen met Wies Liems op kamer in Lohmanstraat 28 III, Amsterdam Zuid. Op 15 mei 1928 behaalt zij haar kandidaatsexamen Romaanse taal – en letterkunde, met bijvakken Engels en filosofie. In de jaren 1926 - 1929 - 1931 brengt zij veel vakanties door in Frankrijk. Op 2 juni 1931 slaagt zij voor haar doctoraal examen Frans aan de Gemeente Universiteit van Amsterdam. In 1932 - 26-29 mei - neemt ze deel aan een tocht van de KNAC op het schip de Twaalf Provinciën, samen met Oom Ton de Groot, Line van Oosten en Judinus Bruins. Van 9 juli 1934 tot 15 mei 1935 is ze assistent secretaresse bij het Ned. Jeugdleider Instituut.1938. Op 1 januari 1940 wordt ze aangesteld en benoemd als commies in vaste dienst bij het departement van Sociale Zaken. In 1943 wordt ze commies bij de Rijksdienst Werkverruiming en verhuist ze naar Amsterdam, waar ze intrekt Brouwersgracht 4(E.A. van Slooten)

Aanvulling (D.C.): Zij werkt later in diverse functies bij de Ministeries van Sociale Zaken, van Onderwijs (Kunsten) en Wetenschappen en van Cultuur, Recreatie en Maatschappelijk Werk in den Haag/Rijswijk. In de rang van referendaris ontvangt ze een Koninklijke onderscheiding. In 1970 gaat zij met pensioen. Sinds 1946 woont ze in den Haag, waar ze in het najaar van 1980 overlijdt.

Tekst van Bette over het Verzet in de Oorlog zoals door haar uitgesproken in de TV -uitzending over de Bezetting, oktober 1960. *(Zie onder Bronnen, blz. 170)*

Mej. Dra. E.E. de Groot:

Die ochtend ben ik bij de heer De Graaf in zijn kamer geweest. Met hoeveel we waren, weet ik niet precies meer, misschien was het tien, misschien was het vijftien. We kenden trouwens allemaal de overtuiging van onze chef. Nu zei hij ons dat hij als belijdend christen en als Nederlander aan niemand ooit de vraag zou willen stellen of hij van Joodse bloede was. Als christen kon hij dit niet omdat hij elk stellen van één mens boven een ander uit hoofde van zijn ras of zijn volk, in strijd achtte met de diepste gronden van het christendom. Een verwerping van het Joodse ras zag hij bovendien als een verwerping van Christus. Ook als Nederlander kon hij geen medewerking verlenen aan de ariër-paragraaf omdat hij het evangelie daarvoor te zeer verweven voelde met ons volk. Hij sprak maar heel kort en hij eindigde met ons voor te lezen psalm 23, die begint: 'De Heer is mijn Herder, mij zal niets ontbreken'. Hij zei dat allemaal heel eenvoudig en beheerst. Wij, zijn ambtenaren, waren zeer onder de indruk. Dat waren we ook drie weken later, toen hij werd weggevoerd als gijzelaar naar het concentratiekamp Buchenwald.

Bedankbriefje van dr. L. de Jong aan Bette voor uitgesproken tekst
over het ambtelijk Verzet. *(Zie onder Bronnen blz. 170)*

RIJKSINSTITUUT VOOR

OORLOGSDOCUMENTATIE

HERENGRACHT 474 - AMSTERDAM - C

REF.dJ/H   TELEFOON: 30065 - 36062   DATUM 26 november 1960

Mej. dra. E. de Groot
Riouwstraat 102 c
D e n H a a g

Geachte mej. De Groot,

    Het is mij een genoegen, U nog eens mijn
hartelijke dank te betuigen voor Uw voortref-
felijke bijdrage in de televisieuitzending van
vrijdagavond. Uit de reacties is U zeker al ge-
bleken dat het programma diepe indruk gemaakt
heeft. Ik ben verheugd dat wij mede door Uw
woorden nog eens een figuur hebben kunnen eren
die in ons land een getuigenis gesteld heeft
van historische betekenis.

                Met de meeste hoogachting,
                Uw

                Dr. L. de Jong

167

BRONNEN

Baudet, H   Het Paradijs op Aarde, van Gorkum.
                           Assen. 1959

Gerhard, I.   Gedichten (waarin De Tuin van Epicurus)

Jong, L.,de   url: "http://www.geschiedenis24.nl/
                           nieuws/2009/mei/
                           De-Bezetting-deel-3.html"
                           (rond 21m en 45s)
                           De Bezetting-deel-3. Mej. E.E. de Groot
                           spreekt een tekst uit over het ambtelijk
                           verzet in de bezettingstijd.

Le Clézio, J.M.G.   L'extase matérielle, folio essays.
                           Gallimard 1967

Montaigne, M.l   Essays. Nederlandse uitgave en vertaling
                           (pocket uitgave)

Onfray, M.   Les Sagesses antiques. Contre-histoire de
                           la philosophie
                           Nr 1. biblio essais. Grasset 2006

Schierbeek, B.   Weerwerk. De Bezige Bij. Paperback 1977

Sijes, B.   Ik vergat nog iets te vertellen.
                           H.J.W.Becht, 1978, Amsterdam

Derk Cools wordt in 1939 geboren te den Haag. Hij studeert sociale geografie en werkt bij het Ministerie van Economische Zaken. Sinds 1994 woont hij op het eiland Curaçao en schrijft de boekjes 'Met de Hoed Tegen het Licht' – een reis door Zuidoost Azië (in 2000) en 'Zeven Dagen in de Baliemvallei' (in 2010), beide uitgegeven bij http://wwwlulu.com. Op http://coolsplanet.blogspot.com schrijft hij over de Mayacultuur (melancholie en ruïnes) en over zijn reizen door Azië, Mexico, Midden-Amerika, Chili en Europa.